Wolffs Br

ALBERTO VIGEVANI

Ein kurzer Spaziergang

Aus dem Italienischen
von
MARIANNE SCHNEIDER

Friedenauer Presse

Der Überseekoffer war ein Geschenk von Tante Jole, der Schwester von Annas Vater, zu unserer ziemlich verfrühten Hochzeit. Er war (und ist immer noch, trotz des halben Jahrhunderts, das inzwischen vergangen ist) ein märchenhafter Überseekoffer, wenn auch unter einem bestimmten Gesichtspunkt eher ein Schrank, der ohne Weiteres auf Reisen gehen konnte, obgleich sich schließlich und unvorhersehbar aus Gründen, die ich erzählen werde, sein Schicksal als ein sesshaftes erwies. Ungefähr so groß wie ich wirkte er im Schmuck zahlreicher Messingbeschläge, bewaffnet mit Eisenringen und einem Rippenwerk aus Holz, wie ein Schwergewicht und zugleich wie eine jener wuchtigen Schatztruhen für Goldschmiede oder Wechselstuben, wie ich noch unlängst in den Läden auf dem Ponte Vecchio in Florenz einige bewundert habe. Er war in einem sehr lebhaften Waggongrün lackiert und besaß robuste Messingschlösser mit Bügeln, die den Schulterstücken mittelalterlicher Rüstungen glichen. In seinem obersten Teil rundete er sich zu einer Art Kuppel, welche einen Hutkoffer beherbergte: Hüte spielten damals eine Rolle in der Garderobe von Herren und Damen. Wenn man die Schlösser öffnete, sprang der Koffer in zwei haargenau gleiche Hälften auf wie die Orangen, die auf den Obstständen ihr saftiges Inneres zeigen: In der einen hingen Bügel für Kleider und Mäntel, die andere hatte eine Reihe von Schubladen. Das Innere war mit Satin-Moiré gefüttert, zwischen Beige und Golden wie die Schuppen gewisser japanischer Fische, die unaufhörlich in ihren Kristallbecken kreisen.

Ähnliche Koffer hatte ich nur in den engen Garderoben hinter der Bühne thronen sehen, wo ich als Kind mit meinem Vater, Rechtsanwalt und Freund der Theaterleute, Schauspieler wie Zacconi oder Moissi besuchte. Wenn wir manchmal auf die riesigen safrangelben Fuhrwerke der Gebrüder Gondrand stießen, gezogen von den gewaltigen normannischen Pferden, deren Hufe ein langes, weißes Fell halb versteckte, sah ich, wie derlei Koffer mit Leichtigkeit von den wie Rachen aufgerissenen Türen verschluckt wurden, dazu noch Kulissen und Hintergrundbilder, Savonarola-Sessel, Vorhänge, Baldachine und andere Gerätschaften für die Bühne. Die Fuhrwerke hielten vor oder hinter den Theatern der Innenstadt, wenn die Kompagnie der Schauspieler aus einer anderen Stadt kam (oder dorthin fuhr), um die Tournee fortzusetzen. Auch in der Nähe des Olimpia und des Eden, an dem ich in meiner Jugend vorbeikam, um in ein Café an der Piazza Cairoli zu gehen, wo ich mich mit meinen Freunden traf. Das Eden hatte während des Äthiopienkrieges seinen Namen wechseln müssen, nicht nur wegen seiner offensichtlich biblischen und also semitischen Herkunft, sondern auch weil das faschistische Oberhaupt von Mailand fürchtete, es könne mit dem britischen Außenminister verwechselt werden, der gewaltig dazu beigetragen hatte, die »Sanktionen« als Antwort auf die italienische Aggression verhängen zu lassen.

Die Überseekoffer der reisenden Theatertruppen jedoch, immer zerbeult und abgeschürft durch den langen Gebrauch und die grobe Behandlung der Gepäckträger, voller Reste alter Klebstoffe und Etiketten, oft gepfändet von den Gläubigern des Impresarios oder des Leiters der Truppe, wenn die Komödie oder das Drama durchfielen, konnten nicht im Entferntesten mit unserem neuen und elegant ausgestatteten verglichen werden. Unter anderem war uns nicht unbekannt, da es die Tante mit ihrem überschwänglichen Temperament hatte verlauten lassen, dass er tausend Lire gekostet hatte, was dem Gehalt eines Gymnasialprofessors mit vielen Dienstjahren entsprach: Die Zahl war so beachtlich, dass sie die Inspiration für einen Filmtitel und ein Lied von Vittorio de Sica geliefert hatte.

Der Grund, weshalb wir uns unter den vielen Vorschlägen für dieses Geschenk entschieden, war, dass wir die Absicht hatten, in die Vereinigten Staaten auszuwandern, denn die Rassekampagne wütete, und aus Hitlerdeutschland war schon die Nachricht von den Pogromen der »Kristallnacht« gekommen. Der direkte Anlass, mit gerade zwanzig Jahren und weitaus früher als geplant zu heiraten, war das Dekret gegen die sogenannten »Mischehen«, das zwei Wochen später in der »Gazzetta Ufficiale« veröffentlicht wurde. Ich bin Jude und Anna wurde als Tochter eines Juden und einer gläubigen Katholikin als »arisch« eingestuft, so widerlich diese Definition auch für sie war.

* * * * * * * * * * * * * * * * *

Nach einer langen Zeit des Vergessens fand ich den Überseekoffer in einer Ecke des Dachbodens in meinem Landhaus in Eupilio in der Alta Brianza wieder. Anlass hinaufzusteigen war die Einladung zur Hochzeit der Tochter von Bekannten, ich wollte nämlich nachsehen, ob ich nicht meinen alten Cut irgendwo fand – der sich schließlich als verloren oder von Soldaten der Sozialrepublik im Krieg gestohlen herausstellte –, ohne zu bedenken, dass ich, hätte ich ihn auch gefunden, nicht mehr in ihm Platz gehabt hätte.

Abgesehen von einer dicken Staubschicht und einigen Spinnweben, die von den Bügeln der Schlösser herabhingen, war der »General« – diesen Spitznamen hatten wir dem Überseekoffer wegen der gebieterischen und manchmal vorherrschenden Rolle auf unserer Hochzeitsreise gegeben – bei bester Gesundheit, obwohl er so lange verlassen dagestanden hatte.

Sei es zum Anfang unseres gemeinsamen Lebens, sei es zum Abschied von dem Land, das wir verlassen mussten, jedenfalls hatten wir beschlossen, dass unsere Hochzeitsreise nicht weniger als einen Monat dauern sollte: Florenz, Siena, Rom, Neapel und von Neapel aus Capri, dazu noch ein Aufenthalt in Positano mit Abstechern nach Pompeji, Ravello und Amalfi. Mitte September fuhren wir los, es war die ideale Jahreszeit.

Wegen seines Gewichts und seines Umfangs – um ihn die Treppe hinunterzubefördern, waren zwei Gepäckträger von außergewöhnlicher Kraft nicht genug, wie für einen Konzertflügel – brachte der Überseekoffer nicht wenige Unannehmlichkeiten mit sich. Und das selbst ohne die Ausgaben zu berechnen, denn der General mit seiner breiten, zwar nicht mit Orden, so doch mit Messing geschmückten Brust, kostete schließlich bei den späteren Transporten nicht weniger als unsere Personen, auch wenn er weder aß noch trank, so war er doch als blinder und tauber dritter Gast immer bei uns im Zimmer. Die wahrhaften Schwierigkeiten nahmen ihren Anfang, als er den Schutz der damals sehr effizienten staatlichen Eisenbahn verließ: Es begann beim Einschiffen und insbesondere bei der Landung des Schiffs auf Capri, wo er mithilfe von Seilwinden und Gurten auf die Mole gestellt wurde, unterstützt von Armen und Rücken der gestikulierenden Hafenarbeiter und kräftiger, wahrscheinlich unflätiger Flüche, deren klassenspezifische Färbung sich erraten ließ.

In Capri hat man sich seit Jahrhunderten an alle Arten von Exzentrizitäten gewöhnt, die von Tiberius bis zu Norman Douglas eigentlich zur Regel geworden waren. Jedoch eher als exzentrisch war es lächerlich, dass ein junges Paar eine so überbordende Garderobe mitschleppte, nachdem es von den Orten, an denen es sich nur für wenige Tage aufhalten wollte, kaum etwas wusste. Die Wahrheit ist, dass Anna es sich bei dem Gedanken, sich an die bevorstehenden Einschränkungen eines Emigrantendaseins gewöhnen zu müssen, wünschte, da es jetzt noch ging, aus verständlicher Koketterie, wenn auch nur für mich ihre neue Aussteuer vorzuführen, zu der, wie es damals der Brauch war, Kleider und Unterwäsche für jede Gelegenheit gehörten. Mit der Aussicht auf wahrscheinliche Opfer wäre es gewiss nicht recht gewesen, sie davon abzuhalten, insbesondere, da man sich vor der Abreise nicht vorstellen konnte, wie viel Verdruss der General bereiten würde. Zudem unterlag – was unsere Begegnung mit Amerika betraf – Anna sogar mehr als ich dem Einfluss der Filmbilder, die von den abgeriegelten Riesenkammern von Ellis Island – Ostjuden mit Löckchen und langen, ungepflegten Bärten, auf dem Kopf den tristen Homburg; italienische Mütter mit einem Kind an jeder Hand und einem an der Brust, ein Tuch auf dem Kopf – bis zu den langen Reihen von Arbeitslosen reichten, die in der Zeit der Weltwirtschaftskrise den Bürgersteig entlang auf eine warme Suppe warteten.

Im Bewusstsein der Schwierigkeiten wagten wir es auf Capri nicht, den sperrigen Reisegefährten bis in die Pension Manfredi Pagano mitzunehmen. Wir ließen ihn allein im Depot von Marina Grande, ohne jedoch das Theater der Einschiffung nach Positano drei Tage später vorauszuahnen, wo mit Gesten und Kommentaren, die wir uns nur als sarkastisch vorstellen wollten, die gewohnte Clique der Gepäckträger absurde Ansprüche stellte (nach dem Koffer schließend, hielten sie uns nicht für zukünftige Emigranten, sondern für Amerikaner aus dem goldenen Zeitalter). Aber die Späße der Gepäckträger, denen sich die

Schiffsmannschaft angeschlossen hatte, obschon ziemlich unverständlich im überflutenden Klang des Dialekts, erwiesen sich, als wir an unserem Bestimmungsort angekommen waren, nicht als allzu unpassend.

****

Positano besitzt keinen Hafen, nicht einmal eine kurze Anlegestelle. Noch heute halten die Boote draußen vor dem Wellenbrecher des Schutzbeckens, über dem sich jenseits der Tonnen- oder Terrassendächer die orientalisch angehauchte Kuppel der Kathedrale erhebt, nach der Tradition der amalfitanischen Küste mit gelben Keramikplättchen gedeckt, die noch heute in Vietri hergestellt werden. In der Sonne wirkte die Kuppel golden, aber in der Dämmerung erschien sie als ein dunkler Schatten, ausgeschnitten aus dem Dunst der hereinbrechenden Dunkelheit. Gewöhnlich kam – so erfuhren wir auf der Überfahrt – eine Schaluppe, um Passagiere und Gepäck an Land zu befördern. In unserem Fall erwies sich eine Schaluppe jedoch als völlig unzureichend; wir mussten den Kahn eines Fischers in Anspruch nehmen, der Don Vito hieß und keinen Lohn verlangte. Nachdem die Schwierigkeiten der Einschiffung und der Landung an der Küste überwunden waren – zum Glück war das Meer ruhig, sonst hätten wir einen Schiffbruch riskiert oder zumindest den Verlust des Generals, außer wir wären nach Amalfi weitergefahren –, standen wir vor dem Problem, das Hotel Miramare zu erreichen, in dem wir auf den Rat von Bekannten, die von der Anwesenheit unseres monumentalen Reisegefährten nichts wussten, vorbestellt hatten. In Kürze versammelte sich um ihn eine kleine Menschenmenge, die nach und nach die Emphase einer Prozession annahm, und in ihrer Mitte thronte der Überseekoffer, als sei er der örtliche Schutzpatron, den ein fröhlicher und grölender Haufen erstaunter Erwachsener und halbnackter Bengel umgab.

Zuvorkommend zeigte man uns das Hotel auf der Höhe, ein klein wenig unterhalb des lotrechten Gipfels des Städtchens, das sich, den Falten des Berges folgend, an dessen Hänge schmiegt. Mit kaum verhohlener Ironie benachrichtigte man uns, dass es von dem Platz neben dem Hafenbecken, wo wir uns befanden, keine befahrbare Straße gebe, um das Hotel zu erreichen. Wir könnten den Überseekoffer in einem Lager für Fischereiwerkzeug ganz in der Nähe stehen lassen oder etwa hundert Meter im Bett eines Gießbachs, der jetzt trocken war und vom Monte Pertuso ins Meer fließt, hinauftragen und dann mehr als zweihundert Stufen steiler Treppen weiter, bis man vor dem Hotel stand. Vor unserem verständlichen Entsetzen – ratlos standen wir zwischen den zwei möglichen Lösungen, von denen uns weder die eine noch die andere allzu anwendbar erschien – geschah plötzlich eine Erscheinung. Wenn wir daran zurückdachten, verglichen wir sie sogar mit der eines rettenden Engels, der sich einen Weg bahnte, indem er mitten in dem Gewühl seine Flügel ausbreitete; es war aber ein zierlicher, bartloser junger Mann, fast noch ein Junge, mit höflichen Manieren und dennoch entschieden. Er heiße Carletto, sagte er, und sei der Sohn der Witwe Cinque, der Besitzerin des Miramare.

Rasch gelang es ihm in dem für uns unverständlichen Dialekt und mit der Unterstützung einer wirksamen Mimik, alles in beste Ordnung zu bringen, und eine Prozession, nun keine Metapher mehr, sondern laizistische Wirklichkeit, setzte sich langsam in Bewegung. Im Wechsel mit einer zweiten Mannschaft machten sich vier junge Männer, wahrscheinlich Fischer – der örtliche Fremdenverkehr war gerade im Entstehen –, auf den Weg, eine aus ein paar Rudern zusammengebastelte Bahre mit dem Überseekoffer geschultert. Andere junge Leute hielten Fackeln hoch, die den steilen Aufstieg beleuchteten, wobei sie einen Lichtschein auf die Fenster warfen, die zum Meer gingen und sich, während wir hinaufstiegen, nach und nach sehen ließen, als Widerschein einer beweglichen Festbeleuchtung, wie es bei den Fenstern der Eisenbahnwagen auf einer nächtlichen Landschaft geschieht.

Auch wegen der rot gestreiften Seemannsunterhemden und der Wollmützen in derselben Farbe mit einer seitlich angebrachten Schleife sahen die behelfsmäßigen Träger aus wie Seeräuber, die zur Nachtzeit einen gestohlenen Schatz in Sicherheit brachten. Ich überlegte, ob der General, wenngleich er die gewohnte

Zurückhaltung bewahrte, im Innersten über diesen illegalen Schein vielleicht empört war. Er war ausgedacht worden für eine anständige, ruhige Existenz in einem eleganten Eisenbahnwaggon Marke Pullman, in internationalen Schlafwagen und in mit Teppichboden ausgelegten Kabinen in einem Überseedampfer, aber nicht, um im Geruch von Algen, Muscheln und Heringen, dazu noch im salzigen und bitteren jugendlichen Schweiß, hart angefasst und hin- und hergeschaukelt zu werden. Durch hilfsbereite Sympathisanten zwar vom Handgepäck befreit (Anna, nicht an solche Menschenmengen gewöhnt, hatte ihre liebe Not, ihr nagelneues Beauty Case an die Brust zu drücken), war es trotzdem anstrengend für uns, nach den Emotionen des Tages die nicht enden wollenden Stufen der windungsreichen Rampen hinaufzusteigen, vor und hinter uns Schaulustige, Nichtstuer und kleine Jungen, die einander zuriefen, brüllten und stritten, vorwärts laufend und zurück, glücklich über die ungewohnte Gelegenheit. Eine Szene, die ein paar Kleinigkeiten ohne Weiteres in ein Festa di Piedigrotta verwandelt hätten.

* * * * * * * * * * * * * * * * *

Bald merkten wir, über uns selbst lächelnd, wie dumm es gewesen war, uns auf dieser Reise vom General begleiten zu lassen.

Gewiss hätte er in Amerika etwas genützt, wofür er von Anfang an bestimmt gewesen war, wenn er wahrscheinlich außer dem Bett der einzige Einrichtungsgegenstand des kleinen Zimmers in unserer Vorstellung als junge, noch arbeitslose Auswanderer geworden wäre. Anna hatte auf der ganzen Reise keine Gelegenheit, sich mit den elegantesten Kleidern ihrer Aussteuer zu zeigen, außer mit einer Liebeslist mich zu überraschen, da sie irgendwie anders aussah. In Positano zogen wir uns nur selten um; notdürftig gekleidet waren wir unterwegs, um dann an dem kleinen Strand des Buca di Bacco in der Sonne zu liegen und zu baden. Filiberto, ein großer, blonder junger Mann mit dem lässigen Gebaren eines Gentleman, der sich herablässt, den wenigen, erlesenen Gästen als Bademeister zu dienen, wurde unser Freund, so wie zuvor Carletto, der wie durch ein Wunder erschienene Engel in der abenteuerlichen Nacht unserer Ankunft.

Abends, es war September und noch sommerlich, kleideten wir uns lässig, wir gingen ja nur Mond und Sterne betrachten auf die Terrasse des Zagara mit den wackeligen Balken, unter der Pergola, die mit den großen weißen Weintrauben in das enge Tal des Gießbachs hinausragte, das wir zurückgelegt hatten, um zu den Treppen zu gelangen, die zum Miramare hinaufführten. Wir schlürften Granita aus den Zitronen der amalfitanischen Küste, die »Brot« genannt wurden, ich glaube, weil sie unter der Schale eine sehr dicke weiße Haut haben, die wie das Innere des Weißbrots aussieht. Tanzen gingen wir ins Buca di Bacco, die mit

Werbeplakaten – damals eine Neuheit und eine Auswahl aus den schönsten der Magazzini Mele von Neapel – tapeziert und mit strohbezogenen Stühlen, wie man sie in den Kirchen sah, möbliert war. So wurde der General vorübergehend in den Ruhestand versetzt: Äußerst selten öffneten wir seine breite Brust, wegen der seltenen Notwendigkeit, uns umzuziehen, wofür unsere zwei Handkoffer ausgereicht hätten.

Nicht einmal die Drohung verheißenden Münchner Verhandlungen, die unter dem Schutz von Chamberlains unkriegerischem Regenschirm standen und in der Furcht vor einem allgemeinen Kriegsausbruch mit der deprimierenden Kapitulation der Demokratien endeten, vermochten uns von dem Zauber loszureißen, der uns umfangen hielt und vom Rest der Welt trennte. Selbst wenn wir, die wir, abgesehen von einem älteren Paar, ebenfalls auf Hochzeitsreise, nur noch die einzigen Gäste des Miramare waren, am Radio die Nachrichten hörten, im Nebenraum der Terrasse, auf der wir die Mahlzeiten einnahmen und die mit ihren kleinen, intensiv blau getäfelten Balkonen senkrecht über dem Meer hing. Was die Gefahr des Konflikts betraf, die es kaum schaffte, durch die träumerische Magie des südlichen Lichtes zu dringen, das die Existenz ferner barbarischer Gegenden zu leugnen schien, so war sie doch seit Hitlers Machtübernahme eine gewohnte, obschon sehr angstvolle Aussicht geworden. Eine, auf die wir uns mit dem jugendlichen Leichtsinn, den die eben gepflückten ersten Früchte der Liebe stärkten, irgendwie eingestellt hatten.

In jenen glücklichen Tagen dachten wir auch nicht mehr an den Überseekoffer, dessen Gegenwart sich jedoch mit Dreistigkeit aufdrängte, als die Stunde der Abreise nahte. Mit seiner logistischen Problematik fraß der General, ohne sich auch nur ein wenig nützlich zu erweisen (wir neckten einander, als wir bemerkten, dass er bei den Einheimischen zu einem theatralisch gefeierten Statussymbol geworden war), mehr Geld, als wir selbst nach den ersten schmerzlichen Erfahrungen veranschlagt hatten, sodass wir aus diesem Grund den letzten Teil unserer Reise abkürzen mussten.

Positano lag nämlich und liegt immer noch an keiner Eisenbahnlinie, und außer dem Hafen fehlte damals sogar eine Straße, die man ohne großen Fantasieaufwand als befahrbar hätte bezeichnen können. Bis Vico Equense handelte es sich um ein Zwischending von einem breiteren Maultierpfad und einer vielfach gewundenen, natürlich nicht asphaltierten Piste, die sich mit seiltänzerischem Gleichgewicht über den senkrechten Abhängen entlangmanövrierte, welche direkt ins Meer hinabstürzten oder auf von Felsen gekrönten und seitlich von kleinen Stränden eingerahmten Vorgebirgen endeten. Von oben gesehen verloren sie die schwindelerregende Perspektive der Verführung, die an den idyllischen Vormittagen unten von ihnen ausging, wenn wir von den Spielen im Wasser und dem Schwimmen im Meeresarm zurückkehrten, wo das Meer beinahe glatt wie ein Spiegel war und die Sonne über den Li Galli-Inseln als eine private Domäne erschien.

Und wir in der absoluten Stille allein zwischen den Klippen Phantasmen homerischer Schwärmereien entfesselten.

Wir mussten also eine Kutsche mieten, um dem Fuhrwerk, auf dem faul ausgestreckt der General lag, das Geleit zu geben. Unter der ein wenig einschläfernden Sonne des beginnenden Herbstes und trotz der von den Kieselsteinen und den Löchern bewirkten Stöße und Rucke schlief er, fast ein Turenne am Vorabend der Schlacht; eine wenn auch unblutige Schlacht war für uns schon im Gange, hätte uns nicht das Verhalten der nicht mehr jungen Stuten an den Deichseln der beiden Gefährte belustigt. Sie glichen einander wie Zwillinge und waren beide von einer hartnäckigen Blähsucht befallen.

Bei den lautstärksten Äußerungen unserer Stute, die ihren kurzen, von einer roten Schleife umwickelten Schweif ausgerechnet vor unseren Nasen schwenkte, wandte sich Domenico, gleichzeitig Schiffer und Kutscher vorübergehend in unseren Diensten, hauptsächlich an Anna, die zitterte, wenn sie sah, dass er die schmale Piste aus den Augen verlor und mit einer weit ausholenden Fluchgeste des Arms (nachdem er für die Beschwerden der Pferde das allzu trockene Heu einer regenlosen Jahreszeit angeklagt hatte) Verständnis erheischen wollte: »Habt Mitleid! Habt Mitleid!«, wiederholte er. Es sah aus, als käme die Entschuldigung von der Stute selbst durch die Vermittlung Domenicos und wir brachen bei jedem »Habt Mitleid!« in Gelächter aus, das, aus Rücksicht unterdrückt, in Schluchzern endete, obwohl Anna bei den steilsten Abhängen auf einmal blass wurde und sich eng an mich drückte.

Nachdem wir auf normalen Straßen durch Vico Equense und Catsellammare di Stabia (Ortsnamen, welche die Etappen der römischen Equipagen angaben, die sich von unserem Gefährt in keiner Weise unterscheiden durften) gefahren waren, kamen wir nach Neapel. Von den erstaunten Blicken der Passanten gemustert, fühlten wir uns lächerlich exzentrisch, während wir durch die reich bevölkerten Straßen fuhren, um den Zug zu nehmen, ohne trotz allem daran zu denken, unseren sperrigen Reisegefährten auf dem Bahnsteig von Mergellina stehen zu lassen.

* * * * * * * * * * * * * * * *

Seitdem ich den Überseekoffer wiedergesehen habe, wenn auch in eine finstere Ecke des Dachbodens in meinem Landhaus verbannt, verbreitet er weit um sich einen immer ausgedehnteren Lichtschein von Erinnerungen. Nicht nur die unwiederholbar glücklichen der ersten und letzten wirklichen Reise, die er in unserem Gefolge (wenn es mir auch manchmal schien, wir seien in seinem Gefolge) gemacht hat, sondern auch die an die wenigen Jahre, in denen er mit autoritärer Würde den Flur – in den anderen Zimmern hätte er nicht Platz gehabt – der kleinen Wohnung im Viale

Romagna beherrschte, wo wir als junges Paar lebten. Mit diesen fernen Erinnerungen kommen andere, alles andere als glückliche, zum Vorschein, die ich bis vorgestern zumindest in ihrem grausamsten Aspekt für abgeschwächt oder teilweise verdrängt hielt, und sie beziehen sich besonders auf unseren Onkel und unsere Tante und hinter ihren Gestalten auf alle, die dasselbe Ende erlitten. Da es Jole gewesen war, die uns den Überseekoffer zum Geschenk gemacht hatte, schien er an ihre wuchtige Figur zu erinnern und nicht an die kleine, stets unauffällige Gestalt Giorgettos, ihres Ehemanns. Jole herrschte über ihn nicht nur mit ihrem Volumen, sondern auch mit ihrem unanfechtbaren Willen und ihrer aufdringlichen Sentimentalität, die von einem ängstlichen Glühen der Affekte herkam und vom Triestiner Dialekt unterstrichen wurde, den in einer gepflegten Form alle älteren Familienmitglieder sprachen. Wenn man sich in Joles unmittelbarer Nähe befand, hatte man fortwährend das irreale Gefühl eines möglichen Zusammenstoßes.

Giorgetto dagegen war mager, klein, gebeugt und im Gegensatz zu seiner Frau diskret in Wort und Gestik, außer es handelte sich um einen »Witz« oder um selbst erlebte, komische Episoden: Dann explodierten sein hochzuckendes, ansteckendes Gelächter und seine ausgeprägte Mimik wie ein Feuerwerk. Sonst behielt er Gedanken und Gefühle für sich, da er es nicht für notwendig hielt, sie zu äußern, abgesehen von sehr seltenen Gelegenheiten, an die ich jedoch keine deutliche Erinnerung habe, während Jole dazu neigte, sie von sich zu geben, kaum dass sie entstanden waren, ohne sie einer Kritik zu unterziehen, wodurch sie ihren Mann zwang, zu erröten oder die Augen zum Himmel zu erheben, um seine Distanz oder Missbilligung zu zeigen. An dieser Stelle halte ich es für angebracht, hinzuzufügen, dass es wegen der Achtung, die ich ihnen beiden wie all denen schulde, die gegen jede Gerechtigkeit und jenseits jeder Vorstellung gelitten haben, meine Aufgabe ist, zu versuchen, ihre Wahrheit unversehrt wiederzugeben, wenn auch manche Worte nicht zu dem Geschick zu passen scheinen, das ihnen zuteil wurde.

Die Wohnung der beiden in der Via Faruffini gehörte zu der Art, dass man sagen konnte »hier fehlt gar nichts« und »alles so sauber, dass es blitzt«. Jole hätte nie zugelassen, dass ihr etwas fehlte, das der größte Teil ihrer Bekannten besaß. Jeder Gegenstand, jedes Gerät glänzte tadellos, atmete vollkommene Gesundheit, als befände es sich noch im Schaufenster des Geschäfts, wo es gekauft worden war. Sofas und Sessel symmetrisch aufgestellt und mit Damast bezogen, Stilmöbel, Lampen aus Muranoglas und Perserteppiche, auf deren Echtheit sie stolz war. Eine »herrschaftliche«, ein wenig überladene Wohnung: mit Silber, Porzellan und Kristall. Ich fühlte mich in all dem Gefunkel nicht ganz wohl, nicht nur aus ästhetischen, sondern aus naiven »sozialpolitischen« Gründen. Als ich in der Wohnung in der Via Faruffini verkehrte, war ich sehr jung und fühlte mich aus Abneigung gegen das »Bürgertum« und die Faschisten mit ganzem Herzen auf der Seite des Proletariats, von dem ich nur wenige und gezähmte Vertreter kannte – Spengler, Elektriker, Pförtner, Hausschneiderinnen und Dienstmädchen, außerdem bewunderte ich Fischer, Gebirgler oder Seemänner, deren Dasein ich für unverfälschter hielt als das meine. Fabrikarbeiter und Landarbeiter galten für mich als eine symbolische Inkarnation, eine moralische Lebenslage und unter »Bürgerlichen« verstanden meine Freunde und ich eher als die, welche vom »Mehrwert« profitierten, den die Ausgebeuteten produzierten, diejenigen, welche über die langen Hälse der von Modigliani dargestellten Gestalten oder über die von Picasso gemalten schielenden Augen ironisch urteilten und dafür Favretto oder Ciardi liebten. Ich betrachtete mich und wurde von den Kommunisten – selbstverständlich vor dem Ribbentrop-Molotov-Pakt – als »Weggenosse« betrachtet. Ich könnte es auch bereuen, wenn auf der anderen Seite nicht die Faschisten gewesen wären.

Sicherlich bin ich nicht öfter als vier- oder fünfmal bei Jole und Giorgetto gewesen. Jole war eine perfekte Gastgeberin und eine hervorragende Köchin, wenn auch ihre Süßspeisen, ihre Kuchen für mich zu viel Creme, Schlagsahne, Schokolade und Likör enthielten, wie auf den Möbeln zu viel Nippes stand und an ihr zu viel Schmuck hing. Ich glaube, sie war eine gute, großzügige

Frau – es sind viele Jahre vergangen und die Zukunft, die ihr aufgebürdet wurde, tilgt bei Weitem jeden Schönheitsfehler –, aber unentwegt um etwas in Sorge, das sich zuletzt als nicht so wichtig entpuppte oder wogegen man nichts machen konnte.

Wenn ich mich jetzt an das Wohnzimmer von Onkel und Tante erinnere, scheint es mir wie von einem Schleier durchzogen. Beide waren starke Raucher von Zigaretten mit goldenem Mundstück, wie es damals Mode war, Marke Turmac oder Xanthia, gehörten aber zwei verschiedenen Cliquen an. Jole rauchte ununterbrochen, wobei sie mit ausgeprägter Genugtuung die rituelle Gestik zur Schau stellte, ich glaube, um die Unruhe einer unbezähmbaren Neurose zu beschwichtigen, und zufriedene, fette Rauchschwaden ausstieß, ihre kurzen Lippen rundend wie ein Fisch auf dem Trockenen. Für Giorgetto war das Rauchen ein reiner Genuss, gefräßig schien er an jeder Zigarette zu saugen, während er danach in so beherrschten Stößen ausatmete, dass es ihm manchmal gelang, Ringe zu formen, was ihn glücklich machte. Abgesehen von jenen ziemlich ungewöhnlichen Fällen trug er im Gegensatz zu ihr seine Freude nicht zur Schau: Er schien sich eher zu verstecken, als wollte er sich nicht sehen lassen, während er seinem geliebten Vergnügen frönte.

Trotz des ununterbrochenen Rauchens hatte sich Jole einen jugendlichen, frischen Teint bewahrt, während Giorgettos olivfarbene Haut an den Spuren einer vergangenen Akne zu leiden hatte; der stachelige Bart schwärzte seine eingefallenen Wangen, zwischen denen die lange, schmale Nase hervorstand, die mit seinem Lächeln, von einer Falte rechts und einer links des Mundes erweitert, sein Gesicht bewegte, wodurch es häufig eine ansteckende Heiterkeit erweckte.

* * * * * * * * * * * * * * * *

Für Giorgetto empfand ich instinktiv Sympathie, obwohl ich ihn selten sah und er sich bei den üblichen Familientreffen nicht besonders hervortat. Zwischendurch verschwand er sogar, um, wie ich bald entdeckte, in absoluter Einsamkeit, wozu er sich bisweilen ins Klo einschloss, das zu genießen, was Salgari in Bezug auf Yanez seine hundertste Zigarette genannt hätte. Wenngleich wir zum Beispiel keine gemeinsamen Gesprächsthemen hatten, suchten wir beide danach; von meiner Seite aus, weil ich ihn sympathisch fand; von seiner, weil er mir eine herzlich wenig gerechtfertigte Achtung entgegenbrachte, die mein Schwiegervater (sein Schwager) nicht zu teilen neigte und die mir peinlich war. Ich dachte, der Grund liege wohl bei seinen bescheidenen Studien im Vergleich zu meiner anmaßenden Bildung eines frühreifen Intellektuellen.

Im Übrigen war Giorgetto das, was man einen vorbildlichen Ehemann nennt, finanziell ging es ihnen gut, doch Jole beneidete, und das erkannte man an manchen Worten, die ihr gelegentlich entschlüpften, ihren Bruder, Annas Vater, und seine Familie. Sie wohnten mit einem sympathischen, krausfelligen Airdale Terrier gegenüber auf der anderen Straßenseite in einer großen Villa mit kleinem Garten. Mein Schwiegervater, Generaldirektor einer soliden Industrie, die Papiersäcke für Zement, Düngemittel und landwirtschaftliche Erzeugnisse produzierte, verdiente reichlich, hatte vier Kinder, Jungen und Mädchen, eines besser gediehen als das andere. Der einzige Sohn unseres Onkels und unserer Tante, Sergio, hatte von seinem Vater die bescheidene Statur geerbt und kam im Studium nicht so gut voran wie der gleichaltrige Cousin. Außerdem hatte der Onkel eine Stelle in einer Papiertütenfirma, die ihm sein Schwager verschafft hatte, der Giorgio genannt wurde und nicht Giorgetto, vielleicht auch wegen seiner hochgewachsenen Figur. Diese Papiertüten von kleinerem Ausmaß verglichen mit den voluminösen »Säcken« Giorgios nahmen nicht anders als das Diminutiv des Namens einen emblematischen Wert an, der das Gemüt der Tante belastete – während er den Onkel gar nicht berührte – und rechtfertigten schließlich trotz der Zuneigung, die sie für die ganze Familie des Bruders empfand, auch ein wenig Neid.

Als Giorgio, schon mit einer glühenden Katholikin verheiratet, sich taufen ließ, wollte Jole es ihm gleichtun, außerdem auch angetrieben von der antisemitischen Verfolgung und dem Gerücht, der Papst würde die Konvertiten unter seinen Schutz nehmen, das sich als falsch herausstellte und wahrscheinlich absichtlich verbreitet worden war. Giorgetto widersetzte sich lange und folgte ihr schließlich schweren Herzens, weil er sie anbetete und nie gegen sie war (nur manchmal, wenn er sich mit Worten über sie lustig machte, was typisch für die Sanftmütigen ist). Und er fürchtete, er könne, wenn er nicht nachgeben würde, in den zukünftigen und ziemlich vorhersehbaren Wechselfällen von seinen Angehörigen getrennt werden.

****

In seiner schlichten Wesensart beneidete Giorgetto niemanden, seinen Schwager, an den er sich bisweilen um Rat wandte, schätzte er im Gegenteil sehr. Er war zufrieden mit dem, was ihm das Geschick beschert hatte, und im Unterschied zu seinem Sohn, der von der Mutter die Neigung zur Melancholie geerbt hatte, war er ein froher Mensch, mochte die ganze Welt gern – außer natürlich die, die ihn verfolgten – vielleicht auch, weil er, abgesehen von seinem Charakter, im Blutbad des Ersten Weltkriegs wunderbarerweise mit dem Leben davongekommen war. Als Triestiner hatte er außer dem Spaß an den »Witzen« (das Einzige, was ihm außer dem Nachnamen und der Gestalt an Jüdischem verblieben war: Ich denke, er erinnerte sich nicht einmal an das *Schema Jisrael* und fastete nicht an *Kippur*) Freude daran, oft unwahrscheinliche oder groteske Geschichten zu erzählen, von denen er viele auf Vorrat hatte, entweder selbst erlebte oder nur von anderen gehörte.

Zu seinen Kriegserlebnissen: Von Anfang an Infanterist im österreichisch-ungarischen Heer geriet er auf ziemlich merkwürdige Weise in russische Kriegsgefangenschaft. Er erzählte es häufig, immer mit kleinen Varianten, die von seiner theatralischen Neigung, aber vor allem von seiner Erregung herkamen, wenn die Erinnerung in ihm aufleuchtete. Das Angesicht Giorgettos schien dann das innere Licht widerzuspiegeln, das ihn, während er sprach und gestikulierte, verklärte, in einer plötzlichen Flamme seine gewohnte Zurückhaltung verbrennend, die normalerweise eher alles bagatellisierte. Wenn ich mir seine Gestalt in Uniform hervorhole, kommen mir Charlie Chaplin oder Buster Keaton als Soldaten in den Sinn, wie sie bei den Manövern die Kehrtwendung auf die falsche Seite machen, oder ich glaube, Passagen aus dem *Braven Soldat Schweijk* zu lesen.

Giorgetto war nach Gallizien an die russische Front, mitten in die Ebenen mit Teichen und Wäldern geschickt worden. Nach Tagen und Nächten ununterbrochener Bombenangriffe von beiden Seiten, erschöpft von dem fortgesetzten Schrecken und den endlosen Alarmen, fiel er vor Müdigkeit fast um und hatte sich in einem Schrapnellloch zusammengerollt. Auf einmal erblickte er zwischen den Augenlidern, die sich beim Krachen einer lauteren Explosion mühsam öffneten, über dem Loch einen russischen

Soldaten mit langem Mantel und Pelzmütze, der mit dem Gewehr auf ihn zielte. In demselben Augenblick war er, kaum dass er die grauenhafte Vision wahrgenommen hatte, mit einem Schlag wieder eingeschlafen und es träumte ihm, er sei schon tot, und als er einen Augenblick später wieder erwachte und sich der drohenden Gefahr bewusst wurde, bemerkte er zu seiner äußersten Überraschung, dass dem Russen zuletzt der Mut gefehlt hatte, ihn im Schlaf umzubringen, und er sich zufriedengab, ihn gefangenzunehmen.

Von Kindheit an, so fügte Giorgetto immer hinzu, sei er schon leicht eingeschlafen: Er schlief an jedem beliebigen Ort ein, vor allem – und da blinzelte er und sein schon ziemlich breiter Mund weitete sich zu einem Lächeln – im Kindergarten oder auf der Schulbank. Am Ende der Erzählung brach er in ein Gelächter aus, wobei sich seine breiten violetten Lippen bis zu den großen, behaarten, ein wenig affenartigen Ohren dehnten. Von der überschwänglichen Komik – der Erzählung und seiner Gestalt, die an dieser Stelle miteinander verschmolzen –, die durch den Kontrast mit der effektiven Dramatik des Geschehens entstand, ging etwas zutiefst Menschliches aus.

Die Familie meines Onkels und meiner Tante war eine der vielen, deren ruhiges Leben plötzlich (niemand hatte so etwas erwartet) durch die Proklamation der Rassengesetze erschüttert wurde, die nach dem Vorbild der Nazis nicht ganz so grausam, aber mit grotesker Regie in Kraft traten. Und von Anfang an schien Jole nicht Unrecht gehabt zu haben, sich für eine vom Unglück Verfolgte zu halten im Vergleich zu ihrem Bruder, dessen Kinder, nachdem er eine Katholikin geheiratet hatte, als arisch betrachtet wurden. Ihr Mann war Jude und besaß außerdem die Gesichtszüge, welche das gemeine Volk, aufgewiegelt von den antisemitischen Karikaturzeichnern, die seit der Zeit der Affäre Dreyfus beliebt geworden waren, für typisch jüdisch hielt. Der arme Giorgetto hatte darüber hinaus noch einen ausländischen Nachnamen. In den trostlosesten Momenten rechnete sie ihm das als Schuld an. Für ihren einzigen Sohn wurde es unmöglich, die begonnenen Studien weiterzuführen und sich darauf eine anständige Zukunft aufzubauen. Zu dritt auszuwandern, wie viele sich anschickten zu tun, war abgesehen von der Schwierigkeit, ein Visum zu erhalten, auch aus wirtschaftlichen Gründen nicht möglich, denn da sie keine besonderen Kenntnisse oder Erfahrungen hatten, wäre es schwer für sie gewesen, Arbeit zu finden. Tante Jole verkaufte ein Gutteil ihres Schmucks und Onkel Giorgetto machte seine Ersparnisse flüssig, und vorläufig mussten sie sich damit abfinden, Sergio zum Studium nach London zu schicken: Zumindest würde er die Sprache ein wenig lernen; später würde er überall hingehen können, wo sich eine Möglichkeit zeigte, eventuell nach Amerika. In London kannten sie nur einen entfernten Cousin meiner Schwiegermutter, einen Professor für Violoncello.

* * * * * * * * * * * * * * * *

Während in unseren Familien unentwegt von Visa, Abreisen, Abschieden die Rede war, wurde der Überseekoffer – wegen seiner Körpermasse und seines Schweigens, das, ich weiß nicht, ob die Verfolgung oder selbst die Idee abzureisen, zu missbilligen schien – zu einer Art von voluminösem Schutzidol. Es flößte Sicherheit ein, ihn wie einen großen Buddha in einem engen Tempel im Flur der kleinen Wohnung in der Viale Romagna thronen zu sehen. Was immer auch sein Gedanke gewesen sein mag, wir wussten, dass wir im Augenblick der Abreise auch auf seine moralische Unterstützung zählen konnten, wie er in glücklichen Tagen mit unserer gerechnet hatte, als wir ihn nach der Landung in Positano nicht verlassen hatten. Und weiß Gott, wie viel Unterstützung wir in den kommenden Jahren brauchen würden.

Italien zu verlassen, war hart, viel härter, als wir uns vorgestellt hatten, auch wenn die Presse verkündete, dass wir nicht zu dem einheimischen Stamm gehörten, der, so wurde gepredigt, »rein« geblieben war, nach den Streifzügen, Invasionen und Niederlassungen von Barbaren, Sarazenen, Wikingern und Lanzknechten. Unsere Anwesenheit im »schönen Land« (das uns nun, da wir es verlassen sollten, noch schöner vorkam) verlor sich im Gedächtnis der Jahrhunderte: In Rom gibt es jüdische Katakomben, die älter sind als die christlichen. Es war traurig, Verwandte und

Freunde verlassen zu müssen, sogar die alte Kurzwarenhändlerin und den Zeitungsmann an der Ecke der Viale Romagna, zu denen wir eine herzliche Beziehung geschaffen hatten. Wenn es auch vorkam, dass wir von Amerika träumten, so fehlte Anna und mir doch der Abenteuergeist, außer den literarischen Fantastereien, für die ich seit meinen hartnäckigen Lektüren eine leichte Beute geworden war; ich denke an Salgari, Verne, *Der Ruf der Wildnis* oder *Die Schatzinsel*.

Wie viele Italiener, vielleicht sogar die Mehrheit, wenn sie keine Uniform trugen oder nicht auf den Plätzen der Städte brüllten, wiegten wir uns in der Hoffnung, Italien würde nicht in den Krieg eintreten. Zunächst schien dieser Krieg nach der Invasion und der Teilung Polens zwischen den Deutschen und den Russen eingeschlummert zu sein. Viele dachten, unser »unkriegerischer« Geist sei ein erster Schritt zu einer effektiven Neutralität. Es war eine eitle Hoffnung, und während die weitblickendsten unter den Juden weggingen, verloren wir Zeit in der unvernünftigen Illusion, die von fatalistischer Trägheit durchmischt war, dass schon allein die Vorstellung der Abreise die Tage und Stunden des verlängerten Abschieds wertvoll mache. Mit der freundlichen Hilfe eines Malers in Chicago, den ich im Zug auf der Rückreise von der Weltausstellung in Paris 1937 kennengelernt und dem ich meine Abneigung gegen den Faschismus (die Brüder Rosselli waren in jenen Tagen ermordet worden) und meine Sorgen für die Zukunft gestanden hatte, erhielt ich die Visa für die Vereinigten Staaten.

Wir fuhren wieder nach Neapel, um die bürokratischen Praktiken am amerikanischen Generalkonsulat zu vervollständigen. Unter den unzähligen Formalitäten war auch der Schwur, dass wir nicht die Absicht hätten, dem amerikanischen Präsidenten Roosevelt nach dem Leben zu trachten, der ganz im Gegenteil unserer Zuneigung sicher sein konnte. Nach unserer Meinung war er zusammen mit Churchill der hartnäckigste Feind Hitlers und zumindest in jenen Tagen auch Mussolinis. Noch wussten wir nicht, auf wie viel verborgenes Komplizentum, eingeschlossen das Fehlen jeglichen Eingriffs vonseiten des Papstes, der grauenvolle Völkermord, der jetzt beginnen sollte, in der Welt zählen konnte.

Weiterhin handelten wir mit Langsamkeit, verschoben die Abreise unter tausend Vorwänden. Da wir nur einen winzigen Geldbetrag mitnehmen durften, sorgten wir dafür, mit größerer Berechtigung als für die Hochzeitsreise, uns mit allem auszurüsten, was in der ersten Zeit nötig sein konnte: Kleidung, Bücher, Schreibmaschine. Jeden Tag nahmen wir Unterricht bei einer englischen alten Jungfer, die, wie viele ihrer Landsleute das männliche Aussehen des *Duce*, die öffentliche Ordnung, den Respekt vor den Fahrplänen der Eisenbahn schätzten. Wir legten eine Sammlung von Empfehlungsbriefen an und hatten zuletzt fast hundert beisammen, darunter einige für Persönlichkeiten wie etwa Arturo Toscanini. In Wirklichkeit, wie schon gesagt, war es uns mit der Abreise gar nicht eilig. Ich glaube, in unserem Innersten warteten wir, ohne es vor uns selbst zuzugeben, auf ein Wunder, das uns im Vaterland zurückhalten würde. In aller Ruhe und mit großer Zärtlichkeit verabschiedeten wir uns – womöglich mehrmals – von Freunden und Bekannten, aber auch von den Straßen und unseren Lieblingsorten. Jede Ecke der Stadt erschien uns als etwas Kostbares, das wir bewahren mussten, wenn wir in der Ferne wünschen würden, es uns wieder anzueignen.

Als geduldige Ameisen der Seele häuften wir einen Vorrat von Erinnerungen an, der, so dachten wir, dazu dienen würde, das Heimweh zu bekämpfen, ohne uns vorzustellen, dass er wahrscheinlich seine tägliche Nahrung gewesen wäre. Es sah immer so aus, als hätten wir uns von dem oder jenem nicht ausreichend verabschiedet, nicht von allen unseren Wurzeln, die wir auf einmal als sehr hartnäckig entdeckten. Wir fühlten uns wie manche Bäume, bei denen die Wurzeln länger sind als der Stamm.

Der General, nun wieder im Dienst mit zwei anderen Koffern von normalen Ausmaßen, die wir seine »Burschen« nannten, füllte sich nach und nach. Jeden Tag merkten wir, dass wir etwas vergessen hatten, womöglich das Nutzloseste, aber auf diese Weise ließ sich die Zukunft exorzieren. Anna behauptet, ich hätte sogar vorgeschlagen, zwei Büchsen reines Olivenöl mitzunehmen, das in einer altherkömmlichen Ölmühle entfernte Verwandte herstellten, die Besitzungen in der Gegend von Pontedera hatten.

Es kam der nicht genug erwünschte Augenblick. Die Schiffskarten waren gelöst, wir schickten das Gepäck nach Genua, damit es auf die Rex eingeschifft wurde. Aber das schöne Schiff lichtete die Anker nicht, weder damals noch irgendwann. Der General wurde mit seinem Gefolge nach Hause zurückgesandt; nur wohnten wir leider im sechsten Stock und er passte nicht in den Aufzug. Ich war mit zwei Freunden am Largo Rio de Janeiro, als wir von einem Lautsprecher, vor dem sich eine kleine Menschenmenge versammelt hatte, Mussolini hörten, der mit Emphase »seinen« Krieg erklärte, in der Hoffnung, noch rechtzeitig dabei zu sein, um von Hitlers Siegen zu profitieren. Einer seiner treuen Anhänger schrieb mit Kreide folgendes Distichon im Dialekt an die Fassaden des Viertels: »Jetzt, wo Frankreich schon am Boden liegt / schlag auch die Engländer nieder.« Wir mussten nicht einmal lachen, als wir in einer Wochenschau sahen, wie Mussolini sich auf dem Balkon des Palazzo Venezia gebärdete, die Fäuste in die Hüften gestützt und die Augen rollend, dem *Diktator* von Chaplin ähnlich oder einem komischen Sketch, in dem er Fatty hätte darstellen können: Die Vorstellung eines Krieges hatte aber nichts mit einem komischen Sketch zu tun. Sie erschreckte und erschütterte uns; noch dazu steckten wir durch eigene Schuld in einer Falle. Aber jung und sorglos wie wir waren, deprimierte uns die Rückkehr des monumentalen Gepäckstücks nicht, sondern tröstete uns sogar. Offenbar bestanden wir nicht aus dem harten Material, aus dem Verbannte und Auswanderer geschnitzt sind. Große Zärtlichkeit herrschte im Bedauern, als wir Freunde und Verwandte wiedersahen, oder auch nur, wenn wir in die Galerie gingen und nach oben schauten, um die kleine Messinglokomotive zu erblicken, die einstmals losfuhr, um in der Dämmerung alle Gaslaternen rings um die Kuppel anzuzünden.

Wir fühlten uns als Hauptpersonen eines Märchens wegen dieser nicht stattgefunden habenden Abreise, der unzählige Abschiede vorausgegangen waren. Wer uns begegnete, wunderte sich, uns noch in Mailand zu sehen, nachdem er dachte, wir seien längst im sicheren Amerika. Einige erschienen – da sie für unsere Zukunft fürchteten oder vielleicht, weil wir ihnen nicht gerade sympathisch waren, oder vielleicht nur, weil sie die pathetische Seite unserer Geschichte nicht mochten – beinahe enttäuscht oder unangenehm berührt. Und gleichzeitig empfanden wir ein unvorhergesehenes Bedauern über das nicht erlebte Dasein, das nicht stattgehabte amerikanische Abenteuer, und dass wir es als »Abenteuer« bezeichneten, zeigte, wie jung wir noch waren.

* * * * * * * * * * * * * * * *

Unsere Familien, Annas und meine, waren in Mailand geblieben, so auch Tante Jole und Onkel Giorgetto. Nachdem wir die zu lustlos verfolgte Gelegenheit, Amerika zu erreichen, versäumt hatten, verzichtete ich darauf, mein Studium fortzusetzen, da es mir als Juden ohnehin nichts genützt hätte, und versuchte mich als Antiquar, indem ich meine Leidenschaft für alte Bücher, die ich schon in frühester Jugend hatte, in einen Beruf umwandelte. Ich hätte am liebsten unter Büchern gelebt: sie gesammelt, in Karteien geordnet, in einigen Fällen auch gelesen. Die Buchhandlung, die ich im Pavillon eines Gartens auf der Rückseite von Via Borgonuovo eröffnete, wurde ein Treffpunkt: Es kamen alte Freunde und ich erwarb neue. Wir diskutierten über Kunst, Literatur, aber, dem Augenblick entsprechend, vor allem über Politik und über den Krieg.

Das Heimweh nach Italien hatten wir zwar nicht mehr zu fürchten, aber dafür die Sehnsucht nach Amerika, das wir nicht hatten kennenlernen können. Beharrlich erschienen in uns die Bilder einer Existenz, die lange in unserer Phantasie gelebt hatte, wir jedoch in Wahrheit nicht hatten erleben wollen, während wir uns jetzt darauf beschränkten, von ihr zu träumen, da die Welt um uns herum keine Träume zu gewähren schien. Dem beständigen Zusammenstoß mit der alltäglichen Wirklichkeit ausgeliefert, deren Nachrichten immer mehr zum Verzweifeln waren, fühlten wir uns verloren.

Den lieben General hatten wir wieder einmal vergessen, abgesehen von den ersten Monaten in Mailand oder als wir wegen der Bombenangriffe nach Tremezzo »evakuiert« wurden. Darauf sollten Keller und Dachböden seine unvorhergesehene

Zukunft sein. Onkel und Tante sahen wir kaum mehr, außer bei den immer melancholischeren und immer weniger besuchten Familientreffen.

Seit der Abreise Sergios litt Jole, obwohl es ihr bewusst war, dass ihr Sohn mit größerer Wahrscheinlichkeit den Gefahren entgehen würde, die uns bedrohten, unter quälenden Ängsten. Auf Augenblicke der Resignation folgten andere mit Depressionen und bitteren Überlegungen. Als einzigen Sohn und von zerbrechlicher Wesensart, schien es ihr, würde ihn die Einsamkeit, verbunden mit der fremden Umgebung und dem Fehlen der liebevollen Behandlung und der Bequemlichkeiten, an die er gewöhnt war, und außerdem noch die Beschränkung der Mittel, die er früher nicht gekannt hatte, traurig machen. Alles und alle, auch wir, die wir nach den vielen Worten uns immer noch in Italien befanden – wenn sie uns auch manchmal wegen der verlorenen Abreise bedauerte, während wir uns selbst durchaus nicht bedauerten –, fielen ihr auf die Nerven oder verletzten sie. Der Neid, jetzt auf andere Weise gerechtfertigt, dehnte sich auf jeden Bekannten aus, nicht nur auf den Bruder und seine Familie, sondern auf die ganze Welt, von der sie umgeben war: Begierig suchte sie nach Vorwänden. Seitdem wir in den Krieg eingetreten waren, konnte sie nicht einmal mehr mit Sergio telefonieren. Aber auch vorher stellten sie die ersehnten Anrufe nie zufrieden. Für ihre Begierde, die Stimme des Sohnes zu hören, seinen Gemütszustand zu erahnen, reichten die wenigen Minuten nicht, die sie zur Verfügung hatte, abgesehen davon, dass die Telefonlinien, wie man wusste, überwacht wurden. Wegen der verschiedenen Zensuren und der schlecht funktionierenden Post kamen die Briefe, auch wenn sie zuletzt vereinbart hatten, sie mit der Hilfe verständiger Freunde über die Schweiz zu schicken, in unvorhersehbaren Intervallen an, welche durch das Warten länger erschienen, als sie waren. Und Jole bedrückte der Gedanke, die englischen Behörden würden Sergio als Bürger eines feindlichen Landes in ein Konzentrationslager einsperren – wie es dann auch geschah – oder nach Übersee, Australien oder Indien, schicken. Man hatte Nachrichten von Schiffen, voll mit Kriegsgefangenen und Internierten, die von den deutschen U-Booten torpediert wurden.

Das Leben Giorgettos war, so sagte Anna, die den Kontakt zu ihrer Familie pflegte, eine Hölle geworden. Seine sprichwörtliche Gemütsruhe, die gewiss auch diese Fährnisse überlebt hätte, war allmählich unter Joles Verhalten in sich zusammengesunken, denn sie versäumte keine Gelegenheit, ihm das vorzuwerfen, was noch davon übrig war. Oft weinte sie, sich gegen das Schicksal auflehnend, zu dessen Symbol ihr Ehemann wurde: Als Jude hatte er auch seinen Posten verloren und sie klagte ihn der Mittelmäßigkeit und Unfähigkeit an, sei es, weil ihr Bruder Giorgio, hinter einem Strohmann versteckt, weiterhin seine Firma zu leiten verstand, sei es, weil sie nicht zusammen mit Sergio weggegangen waren, zum Beispiel nach Brasilien mit ihren zwei anderen Brüdern, die aus São Paulo schrieben, es gehe ihnen gut unter vielen anderen Italienern. In den dunkelsten Augenblicken der Depression sagte sie unter Tränen, sie spüre jetzt schon, dass sie ihren Sohn nie wiedersehen werde.

Auch unsere ziemlich unverantwortliche Gemütsruhe stand kurz vor dem Zusammenbruch. Es war aus mit der Versunkenheit in die Träumereien eines jungen Ehepaars angesichts der blitzartigen deutschen Siege und der noch vor Kurzem unvorstellbaren Niederlagen der Alliierten; angesichts der grauenhaften Nachrichten über die Deportationen und Massaker von Juden, wenn auch das Schlimmste erst noch kommen sollte; angesichts des ständigen Fliegeralarms und der Luftangriffe, die uns zwangen, uns nachts in die improvisierten Luftschutzkeller zu begeben, die gewiss nicht zu unserem Schutz gedient hätten.

Es kam vor, dass wir an die unter unseren Freunden dachten, die Amerika erreicht hatten, und daran, wie jetzt ihre Existenz verlief, die auch die unsere hätte sein können. Wir führten weiterhin zwei parallele Leben, ein geträumtes und ein anderes sehr reales, das aus Ängsten und alltäglichen Problemen bestand. Unsere größte Stütze bestand in der Solidarität der nichtjüdischen Freunde, die jetzt eine größere Nähe zu uns zeigten als früher. Ich glaube, dass die Rassenverfolgung das Gewissen eines großen Teils der Italiener aufweckte, das der lange Konformismus der Diktatur eingeschläfert hatte: Die Unduldsamkeit dem Faschismus gegenüber fand bei vielen eine klarere Motivation.

Im Grunde aber ist das, woran ich mich aus dieser Zeit erinnere, wie verworren hinter einem Schleier belangloser Geschehnisse, als würden wir uns nur um die alltäglichen Kleinigkeiten kümmern oder, am Rand eines Vulkans entlanggehend, nur um die kleinen Kieselsteine auf dem Pfad. Nach der kurzen, aber aufregenden Teilnahme am Untergang des Faschismus begann der Vulkan, ohne dass wir es erwartet hätten, Flammen und Lava zu speien. Während wir mit offenen Armen auf die alliierten Truppen warteten, kamen vom Brenner die deutschen Divisionen herunter, um unserer nichts vorhersehenden Verlorenheit ihre Todesordnung aufzuzwingen. Unseren sechs Monate alten Sohn im Rucksack, gingen Anna und ich nachts über das Inferno-Tal, unterhalb von Lanzo d'Intelvi über die Grenze, und wie durch ein Wunder wurden wir nach wiederholten beharrlichen Versuchen nicht von der Gendarmerie zurückgewiesen, was nicht wenigen anderen Flüchtlingen geschah.

* * * * * * * * * * * * * * * * *

Ein halbes Jahrhundert lang, fast bis gestern, schien meine Erinnerung an Jole und Giorgetto, ohne dass ich sie vergessen hätte, vage und anonym in dem tragischsten Geschehen untergegangen, das Europa während des Nazismus erlebte. Wenn außer ihren Namen, die zufällig in einem Gespräch auftauchten, vor meinen Augen ihre stets vereinten Gestalten – das Lächeln, die Tränen, ihre typischen Gesten – erstanden, spürte ich, wie ein spitzer Dorn mein Gemüt durchdrang. Ich musste, damit es nicht weiter wehtat und ich die tägliche Routine erledigen konnte – aus Verpflichtungen und Vergessen bestehend, wie für alle –, meinen Geist wegwenden, den fernen Widerhall der Erinnerungen ablehnen, die beiden Gestalten zurückweisen, sie fast auslöschen hinter den tragischen, nun schon allgemein bekannten Bildern nackter, zu Gerippen abgemagerter, in Massengräbern übereinander gestapelter Leichen; hinter den Schnappschüssen von entsetzten, ausgemergelten Kindern in plumpen Kleidern, die ihnen nicht gehörten und die sie nicht lange tragen würden.

Erst viele Jahre nach dem ersten Zusammenstoß mit der Nachricht von ihrem Ende, als ich wegen der belanglosen Gelegenheit, von der ich erzählt habe, den sogenannten General wiedersah, begannen aus der konfusen Anonymität, in der wir Jole und Giorgetto ohne Erbarmen verloren hatten – an einem Herbstmorgen mit den Nebeln, die an den Ufern des Sees zerfaserten – Echos, Bilder und allmählich ihre Gestalten aufzusteigen, ohne dass ich wieder versucht gewesen wäre, sie zurückzuweisen.

Für wenige Augenblicke wirkten sie wie Geister von Ertrunkenen, die durch einen Zauber nach einem langen Schlaf wieder aus dem Wasser auftauchten. Sie kamen, etwas zu verlangen, das mir im ersten Moment, von der Vision hingerissen, nicht bewusst wurde. Noch am selben Abend, als man den See schon nicht mehr sah, und auch später begriff ich, dass es eine Mahnung war, die, obschon spontan hervorgekommen, doch etwas Endgültiges (Heiliges) hatte, um mich zu zwingen, in mir, in meinem Gedächtnis tiefer zu graben, sodass ihre Gegenwart mich nicht mehr verließ, wie es immer geschehen war, sondern sich intensivierte. Ihre Anwesenheit erweckte Bilder, die zartesten und die grauenhaftesten ineinander unentwirrbar verflochten, fast als wären sie ein Einziges. Der Überseekoffer war nur ein Talisman gewesen, eine Art Kristall, der sie in der nicht mehr unterbrochenen Woge der Erinnerung widergespiegelt zurückzugeben vermochte, aber nicht nur das, was wir erfahren haben, sondern auch, und vielleicht vor allem, das, wozu wir von derselben Woge angetrieben werden, uns vorzustellen: beinahe eine Wirklichkeit, die wahrer ist, verborgen oder stillschweigend dazugehört.

In diesem Spiegel sah ich die Gesichter Giorgettos und Joles in hellem Licht wieder, wenngleich seltsam nachdenklich oder zerstreut, in heiterer Ruhe, als freuten auch sie sich, mich aus so großer Ferne und nach der langen Zeit zu erblicken. Aber hinter den Gesichtern drängte sich trotz ihrer merkwürdigen Abwesenheit (oder sogar des Vergessens) mächtig das Geschehene vor, von dem mir ein Teil oberflächlich bekannt war, ich anderes vergessen oder nie gewusst hatte. Jetzt wollte ich wissen, oder besser: aus so großer Entfernung wenigstens schattenhaft wiederzuerleben versuchen, was sie in Wirklichkeit erlebt hatten. Wollte ihnen in mir wiedergeben, was sie beide nicht hatten, außer in Sergio: noch einen Ort. Sie hatten ja nicht einmal ein Grab.

Bisweilen versuchte ich die Gesichtszüge Joles und Giorgettos im Rahmen einer weit zurückliegenden, ruhigen Zeit, die jetzt unwahrscheinlich erschien, wieder aufleben zu lassen. Sie wechselten jeden Augenblick fast wie in den Zerrspiegeln auf den Jahrmärkten, bei denen man lachen muss, aber jetzt war nichts Komisches dabei, sondern eine große Traurigkeit, als könnten sie dem Licht nicht standhalten, obwohl es sich um das klägliche Licht einer schwierigen Suche handelte. Winzige Dinge halfen mir, ihre Gesichtszüge, ihr Aussehen, ihre Wesensart wieder ins Leben zurückzurufen. Den starken, kehligen Triestiner Akzent beider, die mit Humor und gütiger Schläue gesättigte Maske Giorgettos, kurz bevor er eine Geschichte zum Besten gab. Wie ein Stillleben trat mir sogar die große Platte auf der geblümten Leinenbatistdecke vor Augen, auf der dicht aneinander wie in einem Mosaik die Stücke einer Truthahnbrust – schwierig, einen so fetten zu finden, wie ihn Jole wollte –, eine Pökelzunge, eine Leberpastete mit Pistazien lagen, die sie nach einem alten Rezept ihrer aus den Marken stammenden Familie herstellte. Ich betrat den Marmorboden des Esszimmers, sah die geschwungenen Formen der Möbel aus dunklem Nussbaum wieder, ebenso die rosa-weiße Lampe aus Muranoglas, von der eine Klingel aus Galalith über dem Tisch schwebte, an der ein Zelluloidpüppchen mit Gazeröckchen hing (die »Titina, ich suche die Titina« trällerte Giorgetto nach einem in seiner Jugend beliebten Charleston). Es kam mir vor, als würde ich in einem lieben Grab nach – noch jungen – Zeugnissen kramen.

Ich hole ihr Alltagsleben wieder ans Licht, das ich zu meinem Bedauern mit verächtlichem Dünkel als »bürgerlich« bezeichnet hatte. Dieses Wort wechselte seine Bedeutung mit jeder Generation und für manche von uns zeigte es jetzt wieder sichere Werte an. Die mittelmäßige Alltäglichkeit kleidete sich mit etwas irgendwie Heiligem, während mir war, als lauschte ich ihrem Rhythmus wie dem den Menschen gewährten Schritt der Zeit. Und so wurde es nach und nach, je weiter ich vorwärts schritt, immer schwieriger, Worte zu finden.

Vielleicht gibt es die rechten Worte nicht einmal, um aus dem Schweigen herauszutreten. Aber wenn ich je zu sprechen beginnen würde, erschien es mir wichtig, als Erstes zu sagen, wie absolut ihre wehrlose Unschuld gewesen war. Außer der Zuneigung der anderen genossen sie die (dem Anschein nach) geringfügigsten Belanglosigkeiten, die in das Dasein eingewebt sind und die sich in Wirklichkeit nicht ändern, gleich ob einer Goethe liest oder ihn nie lesen wird. Für sie waren es die Zigaretten, das Bridge, die Plaudereien mit Verwandten oder Freunden, welche die Welt mit denselben Augen sahen wie sie. Und in der letzten Zeit zählten vor allem die Briefe Sergios, der sich, da er ihren Wert für die Empfänger kannte, anstrengte, sie so lange wie möglich auszudehnen. Von denen lebten sie nun: Sie riefen Anna an, um sie ihr am Telefon vorzulesen.

****

Nach dem Untergang des Faschismus und der kurzen Illusion eines nahen Friedens – Jole und Giorgetto hofften schon, ihren Sohn bald wieder in die Arme zu schließen – kamen die Deutschen. Sofort verbreitete sich die Nachricht von den Morden, welche die Gestapo und die SS in Meina verübt hatten, wo in einem Hotel am See ganze jüdische Familien hingeschlachtet worden waren. Ich erinnere mich an einige mir bekannte Namen: De Benedetti, Misrachi ... Die Leichen schwammen auf dem Wasser: Frauen, alte Leute, Kinder. Sie wurden von der Strömung wieder ans Ufer zurückgeschwemmt.

Verspätet und voller Angst gedachten Jole und Giorgetto, die mit den Misrachi gut bekannt waren – wie ich mit dem neunzigjährigen Großvater und Vater der De Benedetti, Ernesto Reinach, der dann in Auschwitz endete –, sich in die Schweiz zu flüchten, wohin Giorgio, dem die Zeit gefehlt hatte, sie zu verständigen oder ihnen den Weg zu weisen, Anna und mir folgend, ihnen voraus gegangen war, nicht ohne seine älteste Tochter Luisa zu beauftragen, ihnen in jeder Hinsicht liebevoll beizustehen.

Je länger das Gedächtnis nach ihnen suchte, tauchte jede Einzelheit ihrer Lebensgeschichte wieder auf, nachdem sie unter dem Staub der Jahre verborgen gewesen war. Ohne Ziel, in Angst und Schrecken waren sie in einer Art Hast, die sie nicht mehr klar sehen ließ, bald hierhin, bald dorthin gerannt. Sie hatten unter den wenigen, an die man sich in dieser Lage noch wenden konnte, den oder jenen um Rat gefragt. Ohne imstande zu sein, sich auf einen Plan zu einigen, hatten sie im Gegenteil bar sicherer Informationen jeden Tag einen anderen. Sie waren wie verschreckte Mäuse, nicht im Geringsten gewöhnt an ein Leben als Flüchtige; ihr einfaches Leben war immer am helllichten Tag und in absoluter Befolgung der Gesetze verlaufen.

Vor allem, denke ich, dass sie trotz der von allen Seiten eintreffenden Bestätigungen zuinnerst, was sie selbst betraf (es handelte sich wohl um andere Misrachi und andere De Benedetti), nicht ganz an die damals in Italien unvorstellbaren Grausamkeiten glaubten. Anstatt zu einer sofortigen Flucht aufzubrechen, ließen sie sich jeden Morgen, wenn ein neuer Tag begann, von einem schläfrigen, trägen, nicht eingestehbaren Fatalismus dazu treiben, die Wirklichkeit zu leugnen. Unbedeutende, vage Ängste erfassten sie, anstelle der einzigen, die sie hätte überzeugen müssen, keine Minute zu verlieren, rasche Entscheidungen zu treffen.

Und außerdem hatten sie einen ausländischen Nachnamen, ein allzu leichtes Indiz, und damit verbunden Giorgettos jetzt nicht mehr scharfsinniges, sondern nachgiebiges jüdisches Gesicht. Die falschen Papiere, die ihnen Luisa schließlich hatte beschaffen können, verwenden zu müssen, beängstigte sie, als wäre es ein wohlüberlegter, unbestreitbarer Austritt aus der Gesetzlichkeit: Sie hatte es nicht einmal erreicht, dass sich die beiden nach

Lanzo d'Intelvi begaben und von dort aus mit der Unterstützung verlässlicher Freunde in die Schweiz. Einige Bekannte, vielleicht ebenso verschreckt wie sie selbst, waren nicht mehr erreichbar, vielleicht schon geflohen oder wer weiß wo untergetaucht. Andere sagten ihre Meinung und gaben widersprüchliche Ratschläge, manchmal von einem Optimismus gefärbt, der fehl am Platz war, während man sie zu einem tätigen Pessimismus hätte anspornen müssen. Mit beinahe kindlicher Zartheit – unter diesen so harten Umständen – lehnte ihr Gemüt weiterhin sogar die Existenz einer solchen grundlosen Grausamkeit ab. Sie wagten es zwar nicht zu sagen, aber zuweilen glaubten sie, das Blutbad von Meina sei ein einzelner isolierter Fall, das Werk von Kriminellen gewesen: Es würde sich nicht wiederholen, der Papst musste eingreifen. Dann packte sie der Schrecken wieder: Es genügte eine oft auch falsche oder durch die Weitergabe von Mund zu Mund aufgeblasene Nachricht.

Auf dieser hektischen, verzweifelten Hilfesuche – Giorgio, ihre größte Stütze, hatten sie verloren – landeten sie schließlich bei dessen Anwalt, einem Antifaschisten von jeher, aber ohne jegliche Erfahrung in Kampf, Verschwörung oder Kontakt mit Hilfsorganisationen und noch weniger mit dem Widerstand, der im Übrigen erst allmählich in Gang kam. Mit guten Absichten und wohl zu großer freundschaftlicher Übereilung versuchte er, für sie einen leichteren und näheren Weg in die Schweiz zu finden, indem er sie dem Aufseher einer seiner Villen in der Nähe von

Varese anvertraute, der mit seinen Kontakten zu mehreren der in der Gegend sehr zahlreichen Schmuggler prahlte. Der Onkel und die Tante, die keine anderen Möglichkeiten hatten, begaben sich in deren Hände, auch weil der Anwalt darauf bestand.

Im Voraus entrichteten sie einen Betrag, der dazu hätte dienen sollen, die Komplizität der zwei faschistischen Soldaten zu kaufen, die auf Streife waren, in der Nacht, für die im Schutz der Dunkelheit der Übergang zwischen Lavena und Viconago, oberhalb von Ponte Tresa geplant war. Nachdem sie in der Dämmerung bei dem Bauernhaus der Schmuggler, zwei Brüder mit forschen Manieren, angekommen waren, folgten sie ihnen voller Hoffnungen und Ängste (könnte nicht etwas dazwischenkommen, ein unvorhergesehenes Hindernis?), zuerst auf einem vielfach gewundenen und steinigen Saumpfad, dann ging es aufwärts auf einem steilen Weg – Jole musste manchmal stehen bleiben, um Luft zu holen – durch ein niedriges Kastanien- und Buchengehölz, das streckenweise in Heideland überging. Obwohl das Wetter noch mild war, wurde es in dieser Höhe und in der Nacht schon kalt. Einer der Schmuggler ging voraus, der andere hinterher, wobei sie die schweren Koffer trugen. Sie schienen beide stumm zu sein.

Am Ende des Aufstiegs, wo der Wald dichter wurde, blieben sie plötzlich stehen, und mit brutaler Entschiedenheit, weder Joles Tränen noch Giorgettos Protest beachtend, nahmen sie alles an sich: die Koffer, das Geld, die Uhren, Joles letzte Schmuckstücke. Und vage die Richtung anzeigend, die sie einschlagen mussten, um zur

Grenze zu kommen, ließen sie die beiden stehen, um eiligst über den Abhang hinunter zurückzukehren.

In der Dunkelheit kam zwischen den Bäumen ein leichter Nebel herauf, der den Wald wie ein Schleier überzog. Von dem langen Aufstieg ermüdet, erschüttert und niedergeschlagen durch Verrat und Raub schleppten sie sich weiter, zwischen den Baumstämmen, deren Kronen man nicht sah, und irrten in den schwankenden Nebelschwaden umher, wo alles immer gleich aussah; in einem Gefühl der Verzweiflung und Verlorenheit waren sie sicher, den Faschisten in die Hände zu fallen, aber am Ende ihrer Kräfte stießen sie beinahe an das Metallnetz der Grenze und durch einen Durchgang, den Giorgetto mit blutenden Händen öffnen konnte, betraten sie wunderbarerweise die Schweiz.

Sie wähnten sich in Sicherheit. Moralisch am Boden zerstört und physisch am Ende, zum Wachposten begleitet, waren sie einander weinend in die Arme gesunken, nachdem sie die Grenze überschritten hatten — wie wir von einem Tessiner Soldaten erfuhren, den wir später ausfindig machen konnten –, aber nach diesem kurzen Augenblick des Glücks und der Hoffnung hatten sie nicht die Hartnäckigkeit und die Geistesgegenwart, mit ausreichender Standhaftigkeit auf ihr Recht als vom sicheren Tode bedrohte Flüchtlinge zu pochen, um auf die feindliche Härte des Schweizer Gendarmerieleutnants zu antworten, der ihnen mit deutscher Strenge jede

Möglichkeit einer Rettung verweigerte und sie nach einem kurzen Telefonat mit Bern, das ihn in seinem erbarmungslosen Vorhaben bestätigte, ins italienische Territorium zurückbegleiten ließ.

Jole war in Tränen aufgelöst, Giorgetto versuchte ihr Hoffnung zu machen, obwohl er wusste, dass es keine mehr gab (es geschah Anfang November 1943), kurz nachdem sie die Grenze überschritten hatten, wurden sie gesichtet und dann von einer Patrouille der faschistischen Miliz festgenommen. Sie waren angezeigt worden, erfuhren wir am Ende des Kriegs, von den zwei Schmugglern, denen als Preis zugestanden wurde, sich die Beute »gesetzlich« anzueignen, wie aus den Gerichtsakten hervorgeht, der Prozess endete für die zwei Brüder mit einer Verurteilung zu drei Jahren Gefängnis, die durch die darauf folgende Amnestie erlassen wurden. Wie viele andere grausame Verbrechen jener Jahre blieb auch dieses unbestraft.

Giorgetto und Jole wurden verhaftet und in Mailand in das Gefängnis von San Vittore eingesperrt.

* * * * * * * * * * * * * * * *

Von der Haft (während der Luisa vergeblich versuchte, sie zu sehen), von den Leiden und von ihrem Ende erfuhren wir erst nach Kriegsende, und die Nachrichten waren ziemlich allgemein gehalten.

Zuvor konnten wir uns über das unglückselige Ende ihrer Ausreise und deren voraussehbare Folgen gerade noch verschwommene, schmerzliche Vorstellungen machen. Sehr zahlreich sind die Zeugnisse über die geistigen und körperlichen Misshandlungen – solang noch jemand lebt, der sie selbst erlitten hat oder den Misshandelten nahestand –, welche die Juden im Gefängnis von San Vittore zu erdulden hatten, nicht nur vonseiten der Deutschen, sondern auch der Faschisten im Dienst der Gestapo. Faschisten dieser Art erhalten für ihre Leistungen eine Rente des »aus der Resistenza entstandenen« Staates.

Trotz der Berichte der Überlebenden, die wir unmittelbar nach der Befreiung hörten – eher aus Feigheit denn aus Faulheit vermeide ich manchmal sie wiederzuhören –, ist es unmöglich, uns ohne heftigen Widerwillen vorzustellen, wie Menschen, an deren Leben in heiterer Ruhe wir uns erinnern, schändlich gequält wurden, nicht nur aus reinem Sadismus, sondern mit dem präzisen Ziel, ihnen jede menschliche Würde zu rauben, bevor man sie ermordete oder in Viehwaggons dem Schicksal entgegenschickte, das wir vergessen möchten, wäre es nicht notwendig, davon Zeugnis abzulegen, um uns von dem Hass zu befreien, der wie eine nicht zu beschwichtigende Flamme immer wieder aufsteht.

Von einem Freund, der zur selben Zeit auch in San Vittore gefangen war, kein Jude, sondern, wie man sagte, ein »Politischer«, erfuhr ich den Namen und die Untaten des Schlimmsten unter den Folterknechten, des Feldwebels Franz, der den Onkel zu provozieren pflegte, wobei er ihm höhnisch ins Gesicht grinste: »Deine Goldzähne (Giorgetto hatte drei), die werden sie dir dort oben ausreißen«, ihm das innen aus Stahl bestehende Heft seiner Peitsche zwischen die Rippen stieß und lächelnd auf Giorgettos Handrücken seine Zigarette ausdrückte. Er hatte sich ihn ausgesucht, weil er, für Jole fürchtend, nicht auf die Provokationen reagierte.

****

Ich wohne in der Nähe von San Vittore und es kommt öfter vor, dass ich dort vorbeigehe. Immer, wenn ich die roh behauenen Steine der hohen Mauern erblicke, höre ich einen konfusen Widerhall von Klagen und habe als unversehrter Überlebender jener grausamen Jahre das Gefühl, irgendwie einen Teil der Schuld zu tragen. Vom Leidensweg Joles und Giorgettos haben wir keine direkten Nachrichten – keine Notiz, keinen Brief –, außer dem, was mir, als ich zufällig viele Jahre später auf ihn stieß, ein Leidensgenosse von ihnen sagte, der mit dem Leben davonkam, nachdem er zuvor in San Vittore und dann in demselben Viehwaggon, der sie nach Auschwitz brachte, eingesperrt war. Wir blieben eine gute Stunde am Tischchen eines Cafés in der Via Vercelli sitzen. Es war Sommeranfang, und junge Frauen gingen vorbei, die uns mit ihren leichten, frischen Kleidern beinahe streiften. Ich drang in ihn, er möge mir von unserem Onkel und unserer Tante, von jenen Tagen, von der erlittenen Schmach erzählen: Er weigerte sich, davon zu sprechen, er senkte bei jeder Frage die Augenlider, als wolle er etwas zurückweisen, sodass ich mich schließlich schämte, weiter zu fragen. Es wurde mir klar, dass er nicht antworten konnte, ein Teil von ihm war so tief verwundet worden, dass er das Empfinden verloren hatte.

Der Mann war gewiss nicht mehr jung – er erschien alterslos –, klein und untersetzt, hatte einen runden, vollkommen kahlen Kopf, die gelblich graue Haut eines Kranken, sodass er nicht wie ein Jude aussah, sondern wie ein Tatar mit plattgedrückter Nase und ausgeweiteten Nasenlöchern. Manchmal träumt mir von diesem runden Angesicht, diesem knochigen Schädel und seinem Schweigen, das etwas Steinernes an sich hatte. In seinen wässerigen grünen Augen konnte man eine unüberwindbare Müdigkeit, eine innere Leere lesen, als hätte man ihm im Lager Tag für Tag die Seele aus dem Leib gesaugt. Langsam trank er ein schaumreiches dunkles Bier, wobei er sich mit einem großen Taschentuch die aufgedunsenen Lippen abwischte. Ich begriff, dass er sich nicht erinnern wollte und sich trotzdem nicht daran hindern konnte. Von dem intensiven Wunsch zu überleben, der ihn damals gerettet hatte, war ihm gerade noch die Kraft, irgendwie zu vegetieren, übrig geblieben: eine bescheidene Lust an winzigen Freuden, einfachen körperlichen Dingen. Er hatte seine junge Frau und seinen einzigen Sohn noch im Kindesalter in den Gaskammern verloren. Und hierher, an das Café-Tischchen, hatte er sich dicke Pralinen mit Haselnüssen bringen lassen, die er eine nach der anderen zerknabberte. Er würde kaum mehr schlafen, sagte er mir, den größten Teil der Nacht liege er wach und erschöpft schlafe er morgens für eine oder zwei Stunden ein. Er heftete seine wässerigen, ausdruckslosen Augen auf mich, wollte aber nichts von dem, was er erlebt hatte, nichts von sich erzählen. Schließlich redete er doch, da ich wieder angefangen hatte, ihn mit Fragen zu bestürmen, die er offenbar nicht hörte oder nicht hören wollte, redete von Jole, die sich nicht mehr von dem Feldbett erhob, eingeschlossen in ein inneres Weinen, das sie nicht herauszulassen vermochte: mit aschfarbenem, trockenem Gesicht; von Giorgetto, der mit irrealer Gleichgültigkeit alles hinzunehmen schien und sich zu ihrem Schutz hätte töten oder von den Folterern peinigen lassen. Er musste sich vor Franz und den anderen Folterknechten zusammennehmen, damit sie nicht ohne ihn allein in deren Händen blieb.

Als er dann alle Pralinen aufgeknabbert und mit einer Papierserviette die von Schokolade dunklen Lippen abgewischt hatte, begann er, wie durch einen plötzlichen Ruck der Erinnerung mit leiser und eintöniger Stimme – die nicht seine eigene zu sein schien, sondern passiv die Worte eines anderen widerhallen ließ – von Giorgettos unglaublichem Abenteuer zu erzählen. Als ich die Hoffnung verlor, ihn je wiederzusehen, ging das Abenteuer allmählich in meinen Geist über. Während ich mir langsam die verschiedenen Augenblicke wiederholte, eignete ich mir die Geschichte an, beinahe als wäre sie einem anderen Selbst von mir geschehen. Mir ist, als wäre ich Schritt für Schritt an Giorgettos Seite gewesen.

* * * * * * * * * * * * * * * *

Es ist ein Abenteuer, das mit Giorgettos Geschichten eine erstaunliche Ähnlichkeit hat. Mit einer anderen, vielleicht sogar intensiveren Dramatik schien es das Pendant zu dem Abenteuer, das er erlebte, als er im Ersten Weltkrieg an der russischen Front gefangengenommen wurde. Schon in dieser Fährnis – und auch bei anderem, das, wie er gern erzählte, ihm in der Gefangenschaft zugestoßen war und als er in den Monaten nach der Oktoberrevolution durch das in Flammen stehende Europa nach Italien zurückkehrte – hatte er ein kaltes Blut bewahrt, das wie Leichtsinn aussah und, wie ich glaube und auch der Onkel selbst andeutete, von einer Art plötzlicher Unbesonnenheit herrührte, die sich seiner für kurze Augenblicke bemächtigte.

Als er eines Morgens in San Vittore wegen irgendwelcher Klarstellungen zum Personenstand in das Aufnahmebüro im Parterre gerufen und nach wenigen Worten schroff vom Zuständigen weggeschickt wurde, geschah es nach einigen Schritten, dass ihn der

Soldat, seine Eskorte, ein bartloses Bürschchen, das sich wegen einer dringenden Notwendigkeit in die Latrine begeben musste, allein stehen ließ. Langsam weitergehend, in Erwartung des zurückkehrenden Soldaten, befand er sich plötzlich, ohne zu wissen, wie – wiederholte er dann immer nach den Worten meines Gesprächspartners –, in dem breiten Korridor, der zu den Ausgangsgittern führt. Er war nicht mehr allein, sondern eingeschlossen in eine Truppe: eine lange Reihe von Zivilisten, Männern, aber mehr noch Frauen mit Bündeln oder Kindern an der Hand. Indem er der Schlange folgte, fast ohne Bewusstsein dessen, was er tat oder wohin er ging, glaubte er ohne jegliche Last in einer Art Traum vorwärtszugehen, sicher, dass alles auf einmal unterbrochen würde und wahrscheinlich mit einer Strafe endete: Aber daran dachte er nicht. Bis er, durch das letzte Gitter unter dem Riesengewölbe des Eingangs hinausgegangen und um die Ecke geschwenkt war, halb erwachte und sich ein paar Dutzend Meter weit von einem großen Platz befand, dem hohe Bäume Schatten spendeten.

Ich entsinne mich nicht genau, was der Überlebende, sein »Gefangenschaftsgenosse«, wie ich ihn auf die eine oder andere Weise automatisch nenne, wenn ich mich an ihn erinnere (sein Name ist mir entfallen) mit seiner Roboterstimme sagte, die so leise war, dass man glauben konnte, die Kapos oder SS seien noch unterwegs und könnten ihn hören. Während ich ihn anschaute, machte er den Eindruck, er habe sich nie ganz von den Entbehrungen und dem Leiden erholt (»Ich lebte in der Angst, sie würden mich aufhängen, mehr Angst als vor dem Ende in den Gaskammern«, hatte er gesagt, als ob er diesen Worten, die mir wehtaten, kein Gewicht gebe). Ich bemerkte, dass außer der grau-gelblichen Hautfarbe die runde Form seines Angesichts, die mir schon im ersten Moment eigenartig vorkam, nicht natürlich war, sondern als wäre sie von einer Art Schwellung hervorgerufen, bestünden die geschwollenen, harten Wangen aus Knochen wie die Stirn oder die Kiefer.

Ich erfuhr also, dass Giorgetto, zur Hälfte aus seinem Traum heraustretend, zu seinem Staunen wahrnahm, dass er sich unweit des Piazzale Aquileia befand, den er im Gefängnis ganz vergessen hatte, obwohl er ihm ziemlich vertraut gewesen war. Jedes Mal, wenn mir das Abenteuer wieder einfällt, das Giorgetto fast als Schlafwandler erlebt hat, stelle ich mir immer vor, ihm zu folgen, als sei ich sein Schatten, und würde alles mit seinen Augen sehen: gleichzeitig in ihm und außerhalb von ihm.

Die Sonne, die im Gefängnis selten zu sehen war, strahlte mit solcher Kraft, dass Giorgetto die Augen halb schließen musste. Einzelne Strahlen fielen durch die zum Teil kahlen Äste und die letzten gelb gewordenen Blätter der Platanen mit den dicken, gefleckten Stämmen. Und würde ich meinen Onkel nicht wiedersehen, zierlich und gewöhnlich in Grau gekleidet (seine Lieblingsfarbe, ein Widerschein seines diskreten Wesens), wie er unter den Bäumen geht, zwischen denen die geräuschvoll fahrenden Straßenbahnen des Umgehungsrings hin und wieder die Stille zerrissen;

und wüsste ich nicht, dass er gerade aus San Vittore entwichen war und von einem Moment auf den anderen wieder gefangen oder auf der Straße erschossen werden konnte, dann würde ich mir in einer ganz anderen Wirklichkeit den Ablauf einer idyllischen Szene vorstellen, weitaus eher noch als einen im Zeitlupentempo gedrehten Film. Ein träumerischer Aufenthalt im Ansturm des Verkehrs und insbesondere des Krieges und all der Dinge, die er im Gefolge hatte.

Es herrschte, so stellte ich mir weiter vor, als wäre ich an seiner Seite, wenn nicht in ihm drin, eine große Stille – wenige Automobile, die Leute gingen zu Fuß oder fuhren mit dem Rad –, in der man nach langen Pausen die Straßenbahnen kreischend auf den Schienen rollen hörte, begleitet von einem kurzen Windstoß, der in den übrig gebliebenen Blättern rauschte. Erstaunt betrachtete Giorgetto die Häuser vor ihm und die, welche an den Ecken der Seitenstraßen auftauchten. Einst, als er Jole wiedergesehen und dann geheiratet hatte, wohnten seine Schwiegereltern nicht weit von hier in der Via San Michele del Carso. Die Häuser sahen immer gleich aus, die Fassaden in hellen Pastellfarben gestrichen; die Fenster mit grünen oder braunen Läden; die Balkone mit den Geranien, die auf den Balustraden aus Stein oder Zement aufgereiht waren. Die Zeichen des Krieges, die Echos dessen, was im Gefängnis geschah – in das er sich auf einmal voll Angst noch eingeschlossen glaubte, obwohl er sich wie ein beliebiger Bürger bewegte –, hatten keinerlei Entsprechung hier draußen. Im

Gegenteil, die Häuser mit ihren Türen und Fenstern, Augenringen ähnlich, schienen offen oder geschlossen unter der Woge der Sonne eingeschlummert zu sein, auch sie eingetaucht in seinen Traum, der allmählich durchsichtig wurde.

* * * * * * * * * * * * * * * * *

Er glaubte, auf einer Insel zu sein, abgetrennt von der Welt, beinahe in der irrealen, wenn auch ziemlich realistischen Szenerie eines Filmsets, das Kulissen und Hintergrund aus Stoff oder Papiermaché hatte und auf dem sich der lange Schatten des Gefängnisses abzeichnete. Auf einmal merkte er, fast als würde der Traum, in dem er immer noch herumstreifte, Lügen gestraft, dass er Hunger hatte, und der Hunger nahm die verführerische Form eines duftenden und knusprigen Brötchens, einer Mailänder Michetta, an, die gerade aus dem Backofen kam; als Junge biss er auf dem Schulweg gierig in solche Brötchen. Und der Geruch weckte in ihm die Erinnerung an den Bäcker, dessen Brot zu den besten der Stadt gehören sollte; er war nicht weit davon entfernt, am Ende der Via San Michele del Carso, vor der Ecke zum Piazzale Baracca. Während er sich bei dem Gedanken wunderte, dass er, bis vor Kurzem noch in eine Zelle eingesperrt, jetzt dorthin gehen konnte, fiel ihm ein, dass er kein Geld hatte.

In dem Moment oder vielleicht in einem anderen Moment des Traums, in dem ich ihm folge – mir scheint es fast, ich würde ihn beschatten –, gingen über den Platz, an dessen Rand er stand, zwei Kinder, ein Junge und ein Mädchen, fast gleichaltrig, er im Matrosenanzug und sie mit einem blauen Faltenrock. Sie gaben ihrer Mutter die Hand, die Mutter sehe ich nicht genau – eine graue Leere im farbigen Bild –, nur die Arme, an denen die Kinder hängen. Die Stimmen der Kinder erheitern für einige Augenblicke die Stille (eine Stille, die Giorgetto als einen Schutz empfand), so wie hin und wieder das Gezwitscher der kleinen Vögel, die sich zwischen den noch von den kahlen Zweigen herabhängenden Blättern verbargen. Bald würden sie in Länder mit milderem Klima fliegen, obwohl es noch nicht sehr kalt war und er es jedenfalls nicht spürte; die Stille war eine weiche, warme Decke, die ihn unsichtbar machte. Den Vögeln wäre er gern gefolgt, dachte er, nur Flügel hätte er dazu gebraucht: Er lächelte bei dem Gedanken, dass er fliegend diese Orte verlassen würde ... Es war fast ein »Witz«, da fiel ihm einer ein, in dem sagte ein alter Jude, auf dessen Kopf eine Taube einen Spritzer hinterlassen hatte: »Gelobt sei der Herr, der den Kühen keine Flügel gegeben hat.«

Jetzt fuhr ein Lancia Dilambda vorbei, glänzend schwarz lackiert, das Reserverad mit weißem Bezug über dem Kofferraum und das Trittbrett mit Gummidecke, das am Anfang der sich nach vorne verjüngenden Motorhaube endete; kurz darauf folgte sein Blick einem Paar junger Radfahrer, welche, die ausgebreiteten

Arme auf der Lenkstange, lustlos die Pedale traten; und einige Soldaten – wie gewöhnlich stämmige Burschen, die Baskenmütze schräg auf dem Kopf, die Hosen zu weit und bis zu den Knöcheln hängend und das Maschinengewehr geschultert – diskutierten lebhaft und kicherten. Aber obwohl sie nur zwanzig, dreißig Meter entfernt waren, erschienen sie ihm in weiter Ferne und ungefährlich, als würde die Stille, in der auch ihre Worte untergingen, sogar die Entfernungen vergrößern, indem sie einen Raum zwischen ihnen und ihm selbst schuf. Die ganze Zeit über – es dauerte nur wenige Minuten – hatte er ein verzweifeltes Bedürfnis zu rauchen verspürt: nur geistig, noch nicht körperlich, aber auf einmal drückte es ihn im Schlund, stieg die Kehle hoch bis auf die trockenen Lippen. Er stellte sich vor, eine Zigarette zu rauchen, nachdem er die erdachte Michetta angebissen und womöglich einen Schluck echten Espresso probiert hatte. Der Wunsch wurde so stark, dass er ihn sogar die Gefahr vergessen ließ, die ihm im Übrigen noch nicht lange bewusst geworden war, erst seitdem der Traum sich allmählich in eine erstaunliche, zweideutige Wirklichkeit aufgelöst hatte.

Er hätte vielleicht den ersten Passanten, der Vertrauen einflößte, um eine Zigarette bitten können, aber fast kein Mensch überquerte den Platz, außer jenseits der doppelten Reihe der Platanen und der Runde der Straßenbahnschienen, und er hatte Angst, man würde auf ihn aufmerksam werden, wenn er sich bis dorthin begeben würde. Als ein Arbeiter oder Handwerker im dunkelblauen Overall, der seinem ehrlichen Gesicht nach vertrauenerweckend erschien, an ihm vorüberging, folgte er ihm unsicher ein paar Schritte und wagte es schließlich, ihn schüchtern um eine Zigarette zu bitten. Die Stimme kam merkwürdig schwach aus seinem Mund und der andere, dem wahrscheinlich schwante, warum er hier sei – mit diesem verlorenen Blick und dem abgezehrten, leidenden Gesicht –, und der ihm gerade in die Augen blickte, als wolle er ihn auf die drohende Gefahr aufmerksam machen, gab ihm drei, die drei letzten in seinem zerknautschten Päckchen Marke Africa, das er aus seiner Brusttasche zog. Er steckte ihm eine an, die Flamme mit der Hand schützend und ihn mit einem Blick ansehend, der Verständnis bedeutete, aber, so wurde ihm klar, auch die Warnung, keine Zeit zu verlieren.

Er rauchte sehr langsam, genoss jeden Zug bis auf den Grund und zwickte dann das äußerste Ende das Stummels mit den Fingern zusammen, sodass er sich die Lippen röstete. Und erst jetzt, da der Stummel ihn brannte und die Zigarette befriedigte und anregte, verließ er die Überreste seines Traumes ganz, um zu verstehen, dass er, wenn auch vorläufig, wirklich frei war. Er begann sich vorzustellen, wie er diese Freiheit ausnutzen könnte, die durch die große Nähe des Gefängnisses und sein ungewohntes Aussehen so bedingt war. Es wurde ihm bewusst und er musste zuinnerst beinahe über sich lachen. Der Bäcker, der Duft und der Geschmack des Brotes und des Kaffees und auch der Zigarette gehörten zu den letzten Ausläufern des Traumes, während die Freiheit, erst jetzt in ihrer Gänze entdeckt, ihm als etwas erschien, das mehr versprach als der Traum, auch etwas, das eine größere Weite hatte als die Allee, die sich zu seiner Linken auftat – er konnte sie fast nur ahnen – und in der sich die Straßenbahnen entfernten: etwas, das kein Ende hatte und alles würde enthalten können, in dem alles würde geschehen können wie ein anderes Leben, eine neue Welt, die sich vor ihm öffnete.

Das Erste, was er tun musste, überlegte er, indem er die stumme, aber beredte Botschaft überlegte, die ihm der Zigarettenspender übermittelt hatte – er betastete in seiner Tasche das halbleere Päckchen, um sich seiner Anwesenheit zu versichern –, war, sich sofort von hier zu entfernen, ohne einen Augenblick zu verlieren, und im Haus von Freunden Zuflucht zu suchen. Er ließ sie im Geist der Reihe nach vorbeiziehen – viele mussten sich schon unauffindbar gemacht haben, sie befanden sich in derselben Gefahr wie er, dabei fragte er sich, an wen er sich zuerst wenden sollte. Natürlich wäre das Giorgio gewesen, der für ihn wie ein älterer Bruder war, aber der war in die Schweiz gegangen, und man konnte ihn nur über Luisa erreichen. Und wer weiß, ob Luisa über sie beide und ihre jetzigen Lebensumstände Bescheid wusste.

Aber derlei Gedanken halfen nichts, wichtig war es, auf der Stelle einen Zufluchtsort zu finden und sobald er in Sicherheit war, ein Bad zu nehmen: Das erschien ihm als der erste Schritt, um die Menschenwürde, die sie ihm mit allen Mitteln versucht hatten zu nehmen, und die Lust am Leben zurückzugewinnen: Beide

Gefühle stellten sich ihm als der effektive Besitz der Freiheit dar, und noch eines, ein wünschenswerteres: Brot zu beißen bis zum Gehtnichtmehr. Nachdem es ihm gelungen wäre, er stellte sich nicht vor, wie, aber er lächelte allein bei dem Gedanken, dass es, nur weil er es dachte, möglich wäre, auch Jole aus dem Gefängnis San Vittore zu holen – ihr vor zurückgehaltenen Tränen geschwollenes Angesicht erreichte ihn, wobei sich ein neuer, anderer Traum entzündete – würde er sich mit ihr wieder in die Schweiz aufmachen, mit anderen Garantien und anderen Sicherheiten. Und wenn es ihm nicht gelingen würde, auch sie zu befreien und mit ihr in die Schweiz zu gehen, dann bliebe ihm nur, so sagte er mit einem plötzlichen Erwachen der Lebenskraft, die Alternative, sich umbringen zu lassen, aber nicht, ohne vorher Franz oder einen anderen Folterknecht umzubringen. Besser einen Italiener, denn die servile Grausamkeit seiner eigenen Landsleute spürte er brennender, fast als müsste er sich dafür schämen. Ihnen gegenüber empfand er eine so akute Rebellion, dass ihm oft die Worte im Mund steckenblieben und er verstummte.

* * * * * * * * * * * * * * * * *

Er saß mir gegenüber an demselben Tischchen (vielleicht haben wir uns ein zweites Mal getroffen) auf dem Bürgersteig vor dem

Café im Corso Vercelli. Ich musste die Ohren spitzen, der Bewegung seiner Lippen folgen, um die einzelnen Wörter zu verstehen, die er mit leiser Stimme aussprach und die manchmal noch vom Verkehrslärm übertönt wurden. Er wiederholte einiges, was Giorgetto in den seltenen Augenblicken, in denen es möglich gewesen war, miteinander zu reden, erzählt hatte, zum Beispiel von seiner Flucht, die er ihm wie einen einfachen Spaziergang geschildert hatte. Wenig Worte alles in allem und es gelang mir nicht, mehr aus ihm herauszubekommen, ich weiß nicht, ob aus Zurückhaltung oder Vergesslichkeit – um mehr zu erfahren, wären viele Tage nötig gewesen –, trotz der Bitten, der Fragen, mit denen ich ihn, wie mir schien, bestürmte, die ich vielleicht aber nicht zum Ausdruck brachte, sondern für mich behielt. Es war auch nicht möglich, mich noch einmal mit ihm zu treffen. Einer Andeutung entnahm ich, er würde zu seiner ältesten Tochter nach Sidney gehen.

Alles andere, insbesondere Giorgettos Gedanken und Gefühle, habe ich, wie schon gesagt, mit meiner Vorstellung hinzugefügt, ist ein Werk meiner Fantasie über die Geschichte seines kurzen Abenteuers in der Freiheit, und vielleicht erscheint es jedes Mal anders, wenn es mir wieder in den Sinn kommt. Aber es handelt sich nicht um reine Erfindungen, die Vertrautheit mit der Erinnerung an ihn wurde im Lauf der Jahre so stark, dass es mir vorkam, als hätte ich alles direkt von ihm selbst erfahren. Ich habe sein Bild häufig vor Augen, so fällt es mir leicht, seine Stimme zu hören und seine Gesten zu sehen, wenn er etwas erzählte. Trotzdem halte ich es nicht für möglich, mir alles vorzustellen, was Giorgetto wirklich empfand, außer durch eine Annäherung, die voll Zuneigung und Solidarität (nicht Mitleid) war und in mir über sein Ende hinaus andauert. Was ich bis jetzt gesagt habe oder noch sagen werde, ist gewiss willkürlich. Sicher erscheint mir aber, dass er in jenen wenigen Augenblicken etwas erlebte, das nichts zu tun hatte mit dem vorhergehenden Leben und dem, das er zu ertragen gezwungen wurde.

Nachdem die Zigarette geraucht war, spazierte Giorgetto des Langen und des Breiten auf dem Platz herum, wobei er sich, so gut es es ging, hinter den Straßenbahnwagen oder den dicken Stämmen der Platanen versteckte. Zwanzig Minuten oder wenig mehr mag es gedauert haben, aber es ist schwer, wenn nicht unmöglich zu wissen, ob die Zeit für ihn rasch verging oder stillstand: Auf jeden Fall war es eine andere Zeit als unsere. Die Straßenbahnen ankommen zu sehen, es kamen fünf oder sechs vorbei, amüsierte ihn wie ein Kind: Er lächelte fast unter Tränen. Sie kamen und gingen nach der Art eines sehr langsamen Karussells, denn es handelte sich um eine Endstation – er schaute aus der Ferne, wobei er seine Augen anstrengte und mit einem Anflug von Aberglauben (gerade oder ungerade) mit sich wettete, welche die nächste sein würde, die 29 oder die 30: Der Fahrer wechselte das Schild am ersten Wagen –, die Wagen schienen die Vorstellung von Bewegung mitzuziehen: die Idee der fernen Stadtviertel, die sich die Umgehungsstraße entlang ausdehnten, die der Freiheit, kurz gesagt, die seine Sinne und seinen Geist erregte.

Selbst in der Zelle ließ er sich nicht zusammensinken wie seine Frau, auch um sie nicht noch mehr zu bedrücken, so hatte mir der Überlebende gesagt, nur wenn Franz und seine Anhänger ihn provozierten oder quälten, und in den Augenblicken, in denen er sich die Zukunft oder eine Flucht als kaum wahrscheinlich vorstellte, kauerte er neben Jole oder lag wie abgestorben auf seinem Feldbett, zur Decke hinaufstarrend, die grau war wie sein Gemüt und die er vielleicht gar nicht sah. Jetzt war alles anders, er erwachte, öffnete seine Augen auf einen neuen Morgen: Er bemerkte die Farben, als wären sie lebendig, und vernahm in der Stille auch die zartesten, fernsten Geräusche. Eine andere Welt.

Sonnenstrahlen schienen durch die Blätter, die jetzt Goldfolien glichen und deren leichte Schatten bebend auf das Gras oder den Asphalt fielen. Schwalben flogen kreischend umher, kleine Vögel mit schneeweißer Brust zwischen schwarzen Flügeln hüpften mit parallelen Füßchen. In der Höhe öffnete sich der Himmel in so unendliche Weiten, wie sich niemand vorstellen konnte; in seiner Phantasie breitete er sich aus, als zögen ihn zarte Zirruswolken, die aussahen wie Triremen oder Segelschiffe, über Städte, Landgegenden, Wälder, Flüsse. Das Kostbarste an diesem klaren, wie eben ausgefegten Himmel war die Luft, ihr Geruch, ihr lebendiger Atem, der ihm über die Stirn wehte, in die Nase drang, ihm die Brust schwellte und heiter machte. Sogar sehen konnte man diese Luft, wie sie sich, in goldene Staubkörnchen verteilt, vor seinen Augen und in der Höhe über den Dächern bewegte; die Fassaden der Häuser mit einem durchsichtigen Schleier überzog, bebend die Blätter der Bäume beleuchtete und die Schatten mit einem schwankenden Schein umgab.

Hin und wieder ging jemand vorbei, die Schatten liefen schnell und leicht, gegen die Jahrhunderte alten Baumstämme und die Gefängnismauern gebeugt, die keinen Schrecken mehr einflößten: auch sie durchsichtige, goldene Schatten wie die Luft, die Bäume, die Stimmen der Kinder – er im Matrosenanzug, sie mit Faltenröckchen und karierter Bluse –, die immer noch nachklangen: immer noch vernehmbar in der Luft geblieben, obwohl viel Zeit vergangen war, seitdem sie an der Hand ihrer Mutter die Straße überquert hatten. Wie das Kreischen der Schwalben, die sich in die Stille des Himmels hochschraubten; golden, so ging es ihm durch den Kopf, konnten in dieser Luft selbst die Klänge sein: Ihm schenkten sie den Wunsch zu leben wieder. Giorgetto schien es auch, er vernehme fern aus der Allee kommend die gebrochene Melodie einer jener Drehorgeln, denen er als Kind hingerissen vom Balkon aus lauschte.

Der Überlebende, der Gefängnisgenosse sagte mit seiner eintönigen Stimme, dass Giorgetto vor seiner Frau ständig die Tränen zurückhalten musste, die ihm fast aus den Augen traten, wenn er sie anschaute, um nicht ihre versteinerte Angst noch zu steigern.

Jole, der die Beine angeschwollen waren, konnte kaum mehr stehen und, wenn sie sprach, dann nur, um sich zu fragen, was Sergio in dem Moment machte oder was aus ihm werden sollte. Aber jetzt, als er, wenn auch langsam, ausschritt, die Arme und den ganzen Körper bewegte, spürte Giorgetto, dass in ihm rücksichtslos der Wunsch zu leben wieder entstand, der Jole vollkommen abhanden gekommen war. Mit diesem Gefühl ging er, als würde frisches Blut durch seine Adern rinnen, auf die offene Perspektive der baumgesäumten Allee zu, die nur ein erstes kurzes Stück die Gefängnismauern entlangführte und beim Rondell der Trambahnen anfing, ohne dass man ihr Ende absehen konnte.

Auf einmal wurde ihm bewusst, dass er, wenn er weiter durch die Allee fortschritt, einer tatsächlichen, absoluten Freiheit entgegenging. Die bange und zugleich freudige Vorstellung bewegte ihn dazu, mechanisch aus dem zerknautschten Päckchen, das er eifersüchtig in eine Tasche gesteckt hatte, noch eine Zigarette herauszuziehen, aber er hatte kein Feuer. Die Luft war erregend, so als hätte er sie gerade erst entdeckt, sie fuhr fort in seine Kehle zu fließen und er dachte, er dürfe sie nicht, so wünschenswert es ihm auch schien, mit dem Rauch der Zigarette mischen: Die hielt er in der hohlen Hand, hinter den Fingern, fast als könnte sie ihm gestohlen werden. Er würde dann den nächsten nicht verdächtigen Menschen um Feuer bitten, wenn er schon weiter vorne in der Allee wäre.

* * * * * * * * * * * * * * * * *

Giorgetto hatte Lust loszulaufen, wusste aber, er würde keine fünfzig Meter weit kommen, unterernährt und geschwächt wie er war, und er hatte Angst, ein Wächter in den Schilderhäuschen oben auf den Gefängnismauern, ein Soldat oder ein Bulle in Zivil könnte Verdacht schöpfen und Alarm schlagen. Wenn auch nach mehr als einem Monat Gefängnis und Entbehrungen seine Beine geschwächt waren und er sich beinahe dahinschleppte, die Erregung und das Glücksgefühl trugen ihn in ihren Armen. Als würde er wenige Zentimeter über dem Asphalt des Bürgersteigs mühelos vorwärts schweben. Alle Dinge, Bäume, Häuser und noch mehr das, was sich bewegte, Straßenbahnen, Fahrräder, waren ein weiterer Antrieb zum Glück, zur Schwerelosigkeit, wie die Luft und ebenso die in seiner Hand versteckte Zigarette. Indem er sich an den kostbaren Besitz erinnerte, verlor er das Gefühl für die Zeit, die ohne jede Konsistenz so leicht wurde wie die Luft: Er merkte, wie anders er durch das Gefühl zu fliegen wurde, während er nur mit Mühe gehen konnte. Da wurde ihm plötzlich bewusst, dass er Jole vergessen hatte und der Gedanke an sie bemächtigte sich seiner mit Gewalt.

Mit diesem Gedanken traf ihn das Gefühl, dass es die Zeit noch gab, nicht aus rasch verbrennenden Augenblicken bestehend, wie seine Zeit jetzt, sondern aus einer schleichenden Angst gewebt, die kein Ende hatte. Und Jole, das wusste er, litt viel mehr als er darunter, diese stahlharte Zeit nicht abschaffen zu können, indem sie eine Zigarette nach der anderen rauchte: nur die wenigen, die ihnen Luisa oder Giorgios Anwalt, einen Gefängniswärter bestechend, mit vagen Hoffnungsbotschaften, an die sie nicht mehr glaubten, zukommen ließen. In dem Augenblick hatte Giorgio urplötzlich verstanden. Sein Abenteuer, das, fast als sähe er es von außen, ihm unweigerlich noch ein inneres Lächeln auf die wulstigen Lippen zauberte, als die schönste der Geschichten, die er so gern erzählte oder manchmal erfand, war zu Ende.

Im Geist sah er Jole mit ihrer ganzen unendlichen Bürde an Schmerz. Sofort beschloss er, für sie auf die zwei restlichen Zigaretten zu verzichten. Er erinnerte sich an den Morgen, als er, eben war Sergio geboren, ihr eine Perlenkette in die Klinik brachte: Wie schön und jung sie war (so sah er sie wieder), das blasse Gesicht umgeben vom aufgelösten, schwarzen Haar auf dem Kopfkissen… Und angesichts dieses Bildes wurde ihm klar, er musste verzichten, mit den Zigaretten auch auf den Traum der Freiheit, die, während sie im Gefängnis leiden musste, keine Freiheit gewesen wäre, sondern eine noch härtere Gefangenschaft. Merkwürdigerweise breitete sich auf seinen Lippen und in seinem Gemüt ein feines, angedeutetes Lächeln aus, das sowohl den kleinen Verzicht auf die Zigaretten als auch den großen auf Freiheit betraf, die er am Ende der Allee zwischen den Bäumen auftauchen sah, die Fata Morgana, die verschwand, um dem Sand einer Wüste Platz zu machen, welche die beiden Liebesgaben einen Augenblick lang zu verbergen schienen.

Aber bevor er die Freiheit für immer verschmähte, wollte er noch ihren Geschmack genießen. Er ging zwei-, dreimal um den Platz herum, beinahe als verfolge er seinen eigenen Schatten, der unter der im Zenit stehenden Sonne schrumpfte, breiter wurde, mit den Bäumen spielend um ihn herumtanzte. Er tat die letzten Atemzüge in dieser magischen Luft, von der er bis dahin nichts geahnt hatte oder die er in ihrer Reinheit gerade noch in der Kindheit kennengelernt hatte und in die er sich von dem Moment an noch getaucht fühlte, und die er in der Jugend erlebte, wenn er mit seinen Kumpeln zum Schwimmen zur Punta Sottile ging und, sobald die Rufe und das Geschrei der anderen in der Ferne erstarben, er sich plötzlich allein fühlte und das Meer nur ihm gehörte. Seit langer Zeit dachte er nicht mehr an Triest; es war eine plötzliche Rückkehr, während er seinen Schritt zum Eingang des Gefängnisses lenkte. Da fiel ihm ein, dass er Jole – ein lebhaftes kleines Mädchen mit roten Wangen, deren Zöpfe bei jedem Ruck der Bahn auf ihren Schultern tanzten – zum ersten Mal in der alten Zahnradbahn gesehen hatte, die von Sorcole nach Opicina hinauffuhr, wo Vettern von ihr wohnten. Einige Monate später musste er an die Front, aber in Mailand, wo sie sich beide niedergelassen hatten, hatte er sie dann zufällig wiedergefunden.

Jetzt näherte er sich nicht mehr geistesabwesend oder fast im Traum, wie er herausgekommen war, sondern entschieden und innerlich lächelnd (und sich erinnernd) dem Haupteingang. Er folgte jetzt in der entgegengesetzten Richtung der Reihe von Frauen und ein paar Männern, die mit Bündeln und Taschen ausgerüstet waren, und ging wieder hinein. Niemand achtete auf ihn, vielleicht, weil er nichts bei sich hatte. Er wusste, dass er Jole nicht ihrem Schicksal überlassen durfte, es bis auf den Grund mit ihr teilen musste, und bei den letzten Schritten, die ihn definitiv von der Freiheit entfernten, hielt ihn der Gedanke an Sergio aufrecht und unerwartet mit ihm – fast als wären sie, jeder aus einer anderen Ferne kommend, jetzt zusammen – erschien ihm auch sein Vater, der an einem Tischchen seines gewohnten Cafés am Palazzo del Tergesteo saß, die Melone leicht schräg über dem rechten Ohr. Er war ein Kind und der Vater pflegte jüdische Geschichten zu erzählen – er kannte unzählige, wie später Giorgetto selbst –, während er den kleinen Segelschiff-Reedern, welche den Verkehr an der istrischen Küste besorgten, Versicherungen verkaufte. So erschien das Bild seines Vaters zum ersten Mal vor ihm, seit er San Vittore betreten hatte, und er erinnerte sich an ihn, wie er lächelnd an einem sonnigen Fleck saß und die Markise des Cafés im Wind hin- und herschlug. Aber dieses und jedes andere Bild auslöschend, erschien klarer das so oft beschworene Bild Sergios, der seinen Großvater nicht gekannt hatte und, so dachte er, nie jüdische Geschichten erzählen würde: Sein Erscheinen war immer traurig, als wüsste er um ihr Leid, das sie mit allen Mitteln versucht hatten, vor ihm geheimzuhalten, und jetzt war es, als ahnte er ihr Ende voraus.

So und bisweilen auch mit einigen Varianten wuchs es in mir aus dem dünnen Faden dessen, was mir an jenem fernen Tag der Überlebende erzählte, den mir das Schicksal geschickt hatte (es war – ich weiß nicht, ob ich es gesagt habe, eine rein zufällige Begegnung) und den ich nicht mehr wiederfinden konnte. Ich glaube nicht, es habe meinerseits mit Respektlosigkeit zu tun, dass ich mich so sehr in Giorgettos Abenteuer versetzte. Wenn man etwas Jahre lang in sich behält, kann es geschehen, dass es sich verklärt.

Eine Woche danach, vielleicht noch später, wurden Jole und Giorgetto in den Viehwaggon eines Zuges geladen, der nach Auschwitz fuhr. Außer dem von mir eingeholten Zeugnis ist keines vorhanden. Keine geschriebene Zeile, kein Satz. Sie verschwanden nicht im Nichts, sondern im Grauen.

* * * * * * * * * * * * * * * *

Ich glaube, es fällt jetzt schwer, sich daran zu erinnern, dass man in der Vergangenheit vermied, an Jole und Giorgetto zu denken. Als es geschah, lehnte es der Geist ab, sich damit zu befassen. Aber für Augenblicke erschienen mir ihre Bilder oft in blitzartigen Aufnahmen. Sie reichten aus, um etwas in mich hineinzubrennen, eine Wunde, die sich sofort wieder schließen musste, damit ich die oberflächliche Heiterkeit wieder erwarb, die zum Leben unerlässlich ist. Aber nachdem ich lange von Jole und Giorgetto gesprochen habe, ist es mir, als brauchte ich die offenbleibende Wunde nicht mehr vor meinen Augen zu verbergen. Ich bin verpflichtet, sie für immer mitzutragen, es geht darum, eine Schuld zu bezahlen, die alle begleichen müssten. Ich weiß, dass ich sie nie ganz bezahlt haben werde, für meinen Teil: So ungeheure Verbrechen vereinen uns mit den Mördern, zumindest solang sie unbestraft sind, wenn es eine Strafe überhaupt gibt. Meiner Meinung nach betrifft die Frage zusammen mit vielen anderen und vielleicht mehr als diese die Existenz Gottes.

Am Ende des Krieges schaffte es Sergio, nach Brasilien zu gelangen, das Visum erhielt er durch einige Verwandte, denen seine Eltern schon, bevor sie auszuwandern versuchten, Geld überwiesen hatten. Es war schrecklich schwierig für ihn, mit seiner depressiven Veranlagung, die Kraft zum Weiterleben zu finden. In den Momenten größter Verzweiflung, glaube ich, rettete ihn das tiefe Wesen der Menschlichkeit, das von Giorgetto auf ihn überging. Vom tragischen Ende seiner Eltern sprach er nie, nicht einmal, als er – nachdem das nötige Geld zusammengespart war – uns in Italien besuchte. Und von dieser einfachen Menschlichkeit, verbunden mit einem zu Unrecht geringen Selbstbewusstsein, entdecke ich Spuren in den langen Briefen, die er Anna schickt als Antwort auf ihre, die sie ihm, ohne es je zu versäumen, an jedem Jahresende mit den Glückwünschen schreibt. Er berichtet von seiner Arbeit, die ihn nie recht befriedigt, von seinen Liebesgeschichten, die ihn nicht recht freuen: Aber an all dem schiebt er sich selbst die Schuld zu. Er hat schon verschiedene Partnerinnen gehabt, darauf beharrend, eine zu finden, die ihm seine Einsamkeit erleichtern könnte. In einem Hin und Her von Illusionen und Enttäuschungen scheint er sich immerfort zu fragen, ob es der Mühe wert sei, zu suchen oder sogar zu leben: Jole und Giorgetto wussten es.

Während ich seine Briefe wiederlas, fast als wollte ich aus ihnen einen annähernden Schluss für meine Erzählung finden (der wahre ist in anderen Händen: einst wusste ich in welchen), ist mir der »General«, die zufällige Quelle von Erinnerungen und Bildern, wieder in den Sinn gekommen. Als ich ihn kennenlernte, war er nagelneu und so leer, wie die pazifistische Literatur häufig die Militärs hohen Ranges dargestellt hat. Doch hat er sich jetzt mit Erinnerungen gefüllt; jede Schublade erzählt mir etwas, wenn ich sie öffne: die erste Liebe, die Jugend, die Unannehmlichkeiten und Tragödien des Krieges. Aber in der tiefsten Schublade, die ich immer zu öffnen zögere und meistens darauf verzichte, liegt ein Gewicht, das es unmöglich macht, noch einmal mit ihm auf Reisen zu gehen. Die Gegenstände haben mehr Wahrscheinlichkeit auf Dauer als wir, ihre Paradiese und ihre Höllen sind hienieden in der Stille, die sie gewöhnlich umgibt: Sie suchen nicht zu entweichen.

Wenn ich manchmal an meinen jetzt alten Überseekoffer denke, stelle ich mir vor, er könne zwischen dem Rascheln, Pfeifen und

Singen der Stare und Amseln, die im Dach verkehren und ihre Nester in die Dachrinnen bauen – dieselben Vögel, welche einen Teil der Weinstöcke kahl fressen, ehe für uns die Zeit der Weinlese gekommen ist –, und zwischen den Buchen und Birken rings um das Landhaus, in das er zu Unrecht verbannt ist, hin und wieder die Vergangenheit heraufbeschwören, die immer mehr zur einzigen wahren Gegenwart für uns beide wird. Er ist dort oben geblieben, auf dem Dachboden, den er vielleicht als ein Gefängnis betrachtet; doch nicht mehr leer wie am ersten Tag, als ich ihn kennenlernte, so glänzend und geschniegelt, fast als müsse er ein ganzes imaginäres Regiment Revue passieren lassen. Und mich führt die Erinnerung auf meinen Spaziergängen unter dem hohen Laubwerk der Bäume unvermeidlich zu Giorgettos letztem kurzen Spaziergang.

Alberto Vigevani, 1918 in Mailand geboren, war Schriftsteller, Verleger und Buchhändler. Nach einem kurzen Studium in Grenoble eröffnete er die Buchhandlung »La Lampada«, ein Mailänder Treffpunkt für die Gegner des faschistischen Regimes. Von 1943–1945 lebte er im Exil in der Schweiz. Seiner späteren Buchhandlung »Il Polifilo« schloss er Ende der vierziger Jahre einen Verlag desselben Namens an. Zu seinem Werk gehören mehrere Romane, Erzählungen und Gedichte. Alberto Vigevani starb 1999 in Mailand. In der Friedenauer Presse erschien zuletzt seine Erzählung *Sommer am See*.

Marianne Schneider, in München geboren, ist Übersetzerin aus dem Italienischen und Französischen und war an der Europäischen Schule für Literarische Übersetzung in Florenz tätig. In der Friedenauer Presse erschienen Übersetzungen von Anna Maria Ortese, Giacomo Leopardi und zuletzt Alberto Vigevanis Erzählung *Sommer am See*. 2009 wurde sie für ihr Lebenswerk mit dem Deutsch-Italienischen Übersetzerpreis ausgezeichnet. Sie lebt in Florenz.

Ein *kurzer Spaziergang* erscheint als Buch der Friedenauer Presse.
Gegründet wurde die Friedenauer Presse 1963 in der Wolff's Bücherei im
Berliner Stadtteil Friedenau, dem sie ihren Namen verdankt.
Der Verleger Andreas Wolff, Enkel des Petersburger Verlegers M. O. Wolff,
veröffentlichte bis 1971 in loser Folge 36 Drucke. Von 1983 bis 2017 wurde der
Verlag von Katharina Wagenbach-Wolff geführt, seit 2020 ist die Friedenauer
Presse ein Imprint des Verlags Matthes & Seitz Berlin.

FRIEDENAUER PRESSE
Wolffs Broschur
Erste Auflage dieser Ausgabe Berlin 2021
Copyright der Originalausgabe
La breve passeggiata © Eredi di Alberto Vigevani 2020
Copyright der deutschen Ausgabe
© 2021 MSB Matthes & Seitz Berlin Verlagsgesellschaft mbH,
Göhrener Straße 7, 10437 Berlin
info@matthes-seitz-berlin.de
Alle Rechte vorbehalten.
Umschlagzeichnung von Anete Bajāre-Babčuka, Riga.
Gestaltet und gesetzt von Tom Mrazauskas, Berlin.
Verwendet wurde die Rialto, entworfen von Giovanni De Faccio
und Lui Karner, Bolzano.
Die Herstellung besorgte Hermann Zanier, Berlin.
Gedruckt und gebunden von Art-Druk, Szczecin.
ISBN 978-3-7518-0602-2
www.friedenauer-presse.de